KB105916

머리 전달 함수

Head Related Transfer Function , HRTF

안경을 닦던 조슈아는 자신을 부르는 목소리를 들었다. 새벽이라 플랫폼에는 아무도 없었는데 지하철이 도착하고 차창에 기대 책을 읽다 몇 정거장을 지나치고 나서야 목소리의 주인이 누구였는지 깨달았다. 아우토반에서 페라리 f430과 함께 사라져 버린 랄프의 목소리였다. 조슈아는 친구가 그에게서 영원히 사라져 버리는 일에 대해 생각해 본 적 없었다. 처음부터 그렇게 정해져 있었다는 듯이 그는 언제나 그 자신이 가장 먼저 사라질 것이라 짐작했고 그런 예감이 불러내는 가상의 외로움으로 자주 도망쳤다. 마지막 전화 통화 중에, 랄프는 국경 넘어 방금 폴란드 농장에서 입양해 온 러셀테리어가 얼마나 귀여운지 이름을 무엇으로 지을지 농장에서 본 행복한 강아지들에 대해 쉴 새 없이 떠들었는데 조슈아가 랄프의 이야기보다는 랄프의 목소리와 아기 강아지의 꽁꽁거림 저 깊이 깔려 있는 V8 엔진 배기음에 더 집중하며 그 소리의 정위감이 랄프의 앞쪽에 있는지 뒤쪽에 있는지 가늠할 동안 그들은 사라졌다. 전화가 끊긴 그날 조슈아는 여전히 헤드폰을 벗지 않은 채 멈춰 둔 음악을 이어 듣는 대신 이어패드의 고요 안에 머물렀다. 윗집에서 들려오는 아가들의 발소리 따라 창밖의 불빛들이 하나둘 꺼질 때면 투명한 배경의 침묵 속에서 기억이 끝없이 불어나는 시간을 얻은 대가로 주어진 아무것도 그려지지 않는 미래에 자살 충동을 느끼면서도 이렇게 매일 별다른 사건이 일어나지 않는 삶이 연속되길 기도했다.

유로폴이 공개한 CCTV 영상에서는 눈이 내리는 화면 끝에서부터 도로 중심으로 달려오던 페라리 f430이 도로 한가운데에 도달하는 동시에 증발했다. 수많은 눈덩어리와 최대 시속 314킬로미터로 주행 가능한 f430이 웹캠의 프레임 한계를 벗어난 탓인지 아닌지 정확한 이유를 알 수 없이 랄프와 아직 이름도 주어지지 않은 강아지는 화면 한가운데에서 사라져 처음부터 그곳에 존재하지 않았던 것처럼 3년이 지난 지금까지 어디서도 발견되지 않았다. 다만 CCTV에 기록된 랄프가 사라진 시간과 랄프와의 통화 시간 기록이 어긋나 있었는데 기록에 따르면 페라리가 사라진 시점에 조슈아는 랄프와 아직 전화로 연결되어 있었다. 통신사로부터 받은 자료를 제출한 조슈아에게 연합수사국은 1초 미만의 오차는 단순히 위성 기술 문제일 확률이 높으니 신경 쓰지 말자고 답변했으나, 조슈아와 랄프는 유소년 드라

이버 출신이었다. 남들이 버린 부품을 모아 만든 고카트를 운전

하던 어린 시절 자신을 추월해 코너를 돌아 사라져 가는 랄프의

뒷모습을 조슈아는 기억할 수 있었다. 주행 중 0.1초마다 쏟아

져 오는 수백 가지의 가능성 중 단 하나의 라인을 선택해야 하는

F2에서도 재능의 차이를 실감하며 무력하게 바라만 보아야 했

던, 결국 최상위 리그까지는 진출하지 못한 조슈아가 매주 일요

일마다 ESPN 중계 화면으로 본 랄프의 뒷모습이 1초 미만의 오

차 안에 갇혀 영원히 반복되고 있는 악몽에 시달릴 때마다 조슈

아는 헤드폰을 끼고 음악을 틀었다.

　탁구대까지 낙엽 쌓인 급수탑 공원에서 유춘은 체스판이 놓

인 벤치에 앉아 있었다. 가벼운 포옹 후 서로 마주 앉아 조슈아는

그들 곁으로 단풍잎이 떨어져 내릴 때면 바라보는 대신 귓가에

다가오는 소리로 잎사귀의 면적과 색채를 상상했다. 30수도 되

지 않아 조슈아의 패배로 게임이 끝나고서, 유춘은 체스 둘 때부

터 무릎에 올려 두고 살펴봤던 아이패드를 조슈아에게 건네줬

다. 도쿄타워와 레인보우 브릿지가 한 화면에 담긴 다이바선 도

쿄 수도고속도로의 영상이 켜져 있었는데 유춘은 남자 친구인

랄프가 사라진 이후, 매일 아우토반의 실시간 웹캠을 지켜봤다. 랄프가 갑자기 사라졌으니 갑자기 돌아오는 일도 가능하리라 믿으며 매일 화면에서 눈을 떼지 않고 연인을 기다렸으나 아우토반 웹캠의 프레임 사이로 페라리 f430이 되돌아오는 일은 일어나지 않았고, 유춘은 이제 전 세계 도로의 CCTV를 찾아보기 시작했다. 시차 탓에 아직 낮인 공원과 달리 짙은 밤에 잠겨 있는 오다이바 레인보우 브릿지 위로 몇몇 차들이 불빛을 이어 내고 있었다. 슬슬 벤치에서 일어나 그늘이 바람에 그래픽처럼 흔들리는 공원을 걸으며 랄프와 셋이서 함께 키츠뷜 스키 별장에 놀러 갔었던 일이나 나스카 개막전을 구경하기 위해 데이토나 비치에 놀러 갔었던 이야기를 나누다, 유춘은 언젠가 랄프와 최고의 스포츠카 영화가 무엇인지를 두고 다퉜던 이야기를 들려줬다. 스포츠카를 가장 완벽하게 찍은 영화가 무엇인지에 대한 물음으로 시작된 다툼은 밤새 그들이 마드리드 시내에 있는 술집과 카페 네 군데를 옮겨 해 뜰 때까지 이어지다 마지막으로 들린 홍콩식 조찬식당에서 식당 주인이 틀어 둔 케이블 티브이를 보고 그 영화가 최고임에 둘 다 동의하며 마무리됐다는 이야기였는데 어제 그 영화를 다시 봤는데 거기서 랄프를 본 것 같아.

조슈아는 랄프가 그의 이름을 부르는 소리를 들었던 플랫폼에 다시 서 있었다. 그들이 페라리 팀의 새빨간 차를 몰아 공동 1위로 결승선을 통과하자고 이야기하던 어린 시절이 떠올랐다. 0.1초의 오차도 없이 결승선에 함께 들어온 그들은 두 대의 페라리를 나란히 편대 주행해 서킷을 돌며 관중의 환호에 힘입어 세차게 깃발을 흔들 것이다. 포디움에 올라 서로의 얼굴에 샴페인을 뿌릴 것이다. 가끔 서로를 추월하려다 사고를 내고 팀 라디오로 서로에게 욕을 하며 대기실의 정수기들을 박살 낼 것이다. 휴가 시즌이 되면 따로 고향에 돌아온 그들은 아이스바인식당에서 우연히 만나 포옹하고 함께 와인을 마실 것이다. 손실 없는 희망들. 과거에는 시간이 지금과 다르게 선명했던 것 같다고 그들이 꿈꿔 온 그들보다 더 나이 든 조슈아가 안경을 닦고, 지하철이 도착하고 차창에 기대 책을 읽고 몇 정거장을 지나쳐 집에 돌아올 때까지 랄프의 목소리는 들려오지 않았다.

집에 돌아온 조슈아는 유춘이 말한 더글라스 서크의 영화를 다운받았다. 첫 장면부터 술 취한 남자가 노란색 알라드 J2-X를 몰며 달려오고 화면을 멈춰 가며 살펴봐도 1956년에 개봉한 영화가 끝날 때까지 당연히 랄프는 등장하지 않았다. 엔딩 스탭롤이 다 올라간 뒤, 모니터의 어둠이 더 깊은 어둠 속으로 반사되는 거실을 가로질러 창가에 선 조슈아는 길거리의 차들을 내려다봤다. 저기 싸구려 녹색 네온으로 번쩍이는 와플가게 간판 아래 코너를 돌아 차들이 나타나고 사라졌다. 랄프는 죽었을 것이다. 너무 짧은 전성기를 보내고 팀에서 방출당한 젊은 드라이버는 인디카 리그와 정신과를 전전하다 새로운 삶을 시작하기 위해 폴란드 농장에서 강아지를 입양하고 돌아오는 길에, 마치 그의 이름이 불러낸 듯이 천사 무리처럼 몰려오는 새하얀 폭설에 껴안긴 채 호수나 산에 좌초되어 사망했을 것이라고 조슈아는 오래전에 결론지었다. 유춘은 메시지로 친누나의 배 속에서 자라고 있는 아기의 초음파 영상을 보내오며 랄프가 누군가의 신체 안에서 나타날 가능성에 대해 물어 왔다. 서로 다른 화면에서 화면으로 넘어가듯이 차들의 불빛보다 작은 크기의 빗방울이 나타나 하나둘 창가에 달라붙기 시작하자 조슈아는 여전히 창 앞에 서서 소리에 귀 기울였다. 정확히 두 눈과 몸 앞에서 창을 두

들겨 오던 빗소리를 세어 볼수록 무한해지는 소리는 두 귀와 정수리를 맴돌아 서서히 등 뒤에서 들려오고. 번쩍이다 못해 이제 거의 발작적으로 울고 있는 것처럼 보이는 녹색 네온 간판이 달린 코너의 안과 밖, 창 안에서 볼 수 없는 곳을 향해 사라지는 창 너머의 차들을 지켜보며 조슈아는 그가 이미 수없이 확인해 본, 그러나 언제나 이미지만 존재하는 CCTV 화면의 소리를 상상했다. 하얀 눈이 내리는 소리, 아우토반을 찢어 놓는 바람 소리. 바람을 부수며 페라리 f430이 달려오는 소리, 더 이상 화면에 보이지 않는 랄프와 연결되어 있었던 0.6초간 전화 너머로 들리던 소리, 생명 또는 생명적이라 부를 소란스러웠던 무언가가 완전히 사라져 버리는 순간에 들리는 소리, 더 이상 랄프를 생각하지 않는 조슈아가 스스로 미래의 그 자신을 부르는 소리에 파묻혔다.

차례

머리 전달 함수　○ 5

졸려요 자기　○ 15

핌　○ 55

좆같이 못생긴 니트 조끼를 입은 탐정　○ 135

응우옛은 미래에서 왔다　○ 157

레이 트레이싱　○ 185

배와 버스가 지나가고　○ 191

오렌지빛이랄지　○ 245

요 요 요. 베리 화이트의 낭송처럼 그는 그토록 무거
운 밤보다도 더 깊이 어둠 속으로 가라앉는 지하철에 앉
아 잠들어 있었다네 서서히 누워 가듯이 교차하는 터널
팔짱을 지르고 거의 의자에서 떨어지기 직전의 그의 옆
자리에서 샨츠가 눈물을 흘리고, 반쯤 떠진 눈으로 차갑
고 기다랗게 샨츠의 머리칼을 기어오르는 유령의 손가
락을 살피며 그는 꿈인지 아닌지 다시 눈이 감기고 그
가 꿈, 지하철이 마주 달려오고 두 지하철이 맞부딪쳐 불
빛의 휘날림이 그려 내는 회화의 차원으로 들어설 동안

홀로 남은 눈동자로 휘날림에 하나하나 베어 가며 샨츠는 차창을 바라봤다. 마주 달려온 지하철에는 빈 좌석들만 황량한 손잡이들과 옆 칸, 옆 칸, 옆 칸 또 옆 칸 조명이 깜빡이는 칸 한가운데 입가에 거품을 물고 잠든 노인을 지나치며 샨츠는 아까서부터 눈물이 흐르는 줄도 모른 채 찢어지는 찢어지는 빛과 함께 노인이 사라진 자리에 남아 다시 그토록 무거운 밤보다도 더 깊은 어둠에 가라앉았다. 한 시간 전에 그들은 클럽에서 나와 약에 취해 길을 걷고 있었다. 안개 없이 깨끗한 거리가 그들 앞에 놓여 있는데 그들은 공기조차 깨뜨릴 수 없이 연약했다. 그들이 클럽 화장실에서 신발을 벗고 양말에 숨겨 둔 약을 꺼내 혀 위에 올려 둘 때, 교조적인 감상에 젖은 누군가는 그 순간 그들이 그들을 남겨두고 먼저 죽어 버린 친구들을 떠올릴 것이라고, 마치 그들이 자주 들르던 식당의 늘 앉던 자리에 앉아 샌드위치를 먹던 도중 구석 테이블에 앉아 있는 죽은 친구들과 눈을 마주치는 일처럼, 침 냄새가 풍기는 화장실 거울 속에서 그들을 향해 고개를 젓는 그들의 죽은 친구들이 보일 것이라고 짐작했지만 그들은 변기에 떨어진 약을 핥고 싶을 뿐이었다. 문 닫은 베이커리 앞, 한데 모여 서성이거나 쭈그려 앉아 개소리와 웃음으로 밤을 지새우는 젊은이들 요 요 요 그와 샨츠가 그들의 과거를 지나간다. 그들의 존재는 너무 미약해 별빛조차 그들이 지나간 줄 몰랐다.

그는 이제 너무 지쳐서 그가 증오하던 이들과도 친구가 될 수 있었다. 중국인 카페에 앉아 컵에 담긴 초록빛 물이 녹차인지 아직 약이 깨지 않은 것인지 헤아리며 그는 천장의 선풍기 소리와 자신의 숨소리가 서로 다른 높낮이로 연결될 때마다 헛구역질 했다. 멀리서 백 살도 넘어 보이는 노인이 쟁반을 들고 걸어오고 주방은 반대편에 있는데 노인은 어쩌면 나타나고 있는 것인지 봉황이 그려진 벽에게서 거둬지고 다시 들어서고 또 거둬져 사라져 버리는 햇살처럼 서서히 그에게서 노인이 걸어오고 있는 복도가 두 갈래로 나뉘어지고 두 갈래로 나뉘는 복도에 두 개의 벽과 두 마리의 봉황 옆으로 두 명의 노인이 걸어오고 그와 샨츠는 하프 마라톤 대회에서 만났다. 아디다스가 주최하는 나이트 마라톤 행사에서 그는 애프터 파티의 디제이를 맡았다. 아직 그들을 이어 낼 비가 내리기 전, 20킬로미터 달리기가 진행 중일 때 디제이 부스에서 그는 개같이 구린 음악을 트는 동료 디제이 뒤에서 더 개같이 구린 음악을 고르고 있었다. 아직 샨츠는 그곳에 없었다네. 샨츠는 하나둘 가로등 불이 여름밤 하늘의 색채와 섞여 가던 12킬로미터 지점을 통과하며 이제 곧 비가 쏟아질 거라는 걸 알아챘다. 샨츠는 언제나 가장 빨리 빗방울을 발견하는 사람이었다. 비가 오든지 말든지 존나 더워 뒈질 여름밤에 달리기를 하러 나온 나르시시스트들이 벼락에 맞아 터져 버리든지 말든지 그는 위캔드와 스눕독의 LP를 들고 뭐가 더 구릴지 고민했다. 샨츠는 달리던 다리를 천천히 걸음으로 바꾸며 부딪칠 듯 말 듯 달려오는 사람들 밖으로 빠져 나와 택시를 향해 손을 드니 입구에 매달린 오색빛깔 구슬 숄이 바람의 모양대로 반짝였다. 격자무늬 장식의 창문으로 조각나 투명하게 통과해 오는 나뭇잎사귀들의 녹색 잔영 속에서 노인이 식탁 위에 갓 튀겨진 만두를 올려 둘 때까지 그에게 음악 감독을 제안한 포르노 영화 제작자는 나타나지 않았다. 어셔가 흘러나오는, 아직 아무도 도달하지 못한 결승선을 택시로 통과한 샨츠가 양손에 맥주를 들고서 디제이 부스로 걸어가 그에게 말했다. 진짜 그렇게 좆같이 트는 것도 재능이네요. 좆같은 노래 중에서도 제일 좆같고 아주 좆같음의 천재세요. 기름 때 낀 식탁에 파리가 달라붙고 그는 파리 날갯소리 뒤로 백 살도 넘어 보이는 노인의 얼굴이 조금씩 조금씩 더 늙어 죽음을 초과하듯이 햇살 속으로 새하얗게 번져 오르는 모습을 지켜봤다. 저 멀리 천둥 속에서 폭풍우에 파묻힌 사람들이 바다처럼 물방울을 가르며 헤엄쳐 오는데 그는 샨츠에게 가방 깊숙이 갖고 다니던, 그러나 아무에게도 들려준 적 없는 웬델 헤리슨의 음반을 틀어 줬고 그들은 사랑에 빠졌다.

그는 망했다는 말로는 모자랄 만큼 완전히 망해서 그 누구도 이름은커녕 재킷 커버도 알지 못하는 앨범들을 모아 왔다. 그건 미래의 자기 자신을 대하는 일과 같았다네. 포르노 영화의 음악 감독 제의를 수락하고서 하루 종일 방에 틀어박혀 편집본을 돌려보며, 도무지 망하지 않기가 불가능했던 음반들을 틀어 두고 케타민을 들이켰다. FBI와 CIA 요원들을 다룬 영화는 한인 식당 부엌에서 시작했다. 김치냉장고, 갈색 미니밴. 미술관 화장실과 스쿼시장, 정신병동 복도, 스쿨버스, UFO에서 물고 빠는 장면들을 초점 없이 지켜보며 그는 머릿속으로 망한 트랙들을 짜깁기했다. 남자 요원 둘이 서로를 스쳐 가다 육교 위에서 키스하는 장면에서, 클로즈업 된 두 혀와 엉켜 붙는 침 뒤로 비행기 불빛이 지나갔다. 그는 카메라에 우연히 잡힌 LH630 비행기 불빛이 푸른 상공을 스쳐 가던 2초간, 적색 항법등이 구름을 적시며 지나가는 일처럼 부드럽게 머릿속에서 자연스레 떠오르고 이어지는 마이너 코드 음계들의 안내를 따라 아주 희미한 기억에 도달할 뻔했으나 미처 그곳에 닿기 전에 의식이 정지됐다. 음계가 그의 입가에 흥얼거림으로 남겨지듯이 기억은 꿈이 되어

요

요

요

그는 바르샤바공항 흡연실에서 샨츠에게 전화를 거는 꿈을 꾸었지. 다른 의자에는 던킨도너츠 박스에 얼굴을 파묻고 퍼먹는 남자와 첼로 가방을 옆에 세워 두고 앉

아 추리 소설을 읽는 여자가 있었다. 배만큼 목소리가 튀어나온 한국 남자들이 들어와 떠들기도 했고 브랜드 모를 트랙탑, 팬츠 입은 러시아 깡패가 시가를 피우기도 했다. 그는 바에 기대어 서서 아이폰을 손에 쥐고 샨츠에게 이번 투어 페이의 불합리함에 대해 이야기했다. 그는 전화기에 선이 존재했을 때 태어난 사람이고 오랜 습관대로 가끔 보이지 않는 이야기를 꼬아 올리듯이 허공에 손짓하며 농담도 했을 것이다. 어제 호텔 로비에서 본 세탁부에 대해서도, 대학생 때 이야기도, 어릴 때 옆집에 게이 할아버지가 혼자 살았다는 이야기도, 나도 어릴 때 옆집에 혼자 사는 게이 할아버지가 있었다는 대답도, 닮아 있는 과거의 구석들 그런 우연들이 그들을 지금으로 이끌었다는 이야기도, 서로의 증오스러운 가족과 마이클만의 영화, 잉가 코플랜드, 팔라스의 6패널 모자에 대해서도 이야기했을 것이다. 그러다 저기 창 앞 담배를 쥐고 홀로 앉아 있는 공항 청소부를 바라보면 모든 것이 고요해지는데 창밖 활주로로 비행기가 소리 없이 착륙하고 또 이륙하고, 그렇게 사라져 버린 소리에게서 샨츠의 얼굴이 멎어 와 창에 비친 그의 몸에 투명한 감정이 흐르고 세 시간의 환승 시간을 넘어 샨츠와 네 시간을 통화하다 그는 비행기를 놓쳤다.

다크서클과 쌍꺼풀이 깊게 팬 눈으로 그들은 카페에 마주 앉아 눈을 마주치는 일 없이 커피를 마시고 11분 만에 일어났다. 바이크가 고장 나 택시를 탈지 말지 실랑이를 벌이다 버스를 타고 빌어먹게 더러운 바람, 지하철에서 신문팔이들이 들어설 때마다 동전을 건네고 버려진 신발 창고를 개조한 공연장에 도착해, 이옥경의 첼로 독주를 감상하며 잠에 취해 있는 그의 옆에서 샨츠는 주말 이 시각 이 장소에 굳이 모인 이들 중 유일하게 이옥경의 연주를 따라갔다. 정확히는 연주를 포함한 연주 뒤의 소음을 쫓아, 철문이 열리고 좁은 빛이 들어서고 발걸음 소리가 다가오고 숨소리가 낮아지고 삐걱거림이 줄어들고 속삭임이 멀어지고 문틈으로 그림자가 걸어 나가는 바에서 커피를 일곱 번 리필하고, 노을이 지던 오후부터 매 초마다 모든 종류 모든 색채의 햇빛을 받아 내던 창 안으로 새벽이 새파랗게 젖어들어 테이블에 의자를 다 뒤집어 올려 두고서 직원이 비질할 때까지, 샨츠의 얼굴에 눈을 떼지 못하던 그의 눈빛이 지금은 감겨 있는 그의 눈꺼풀 안에 갇혀 있고, 몰래 녹음해 둔 이옥경의 연주를 이어폰으로 들으며 그는 집으로 돌아오는 나이트버스 안에서 아까 샨츠가 따라갔던 풍경들이 샨츠의 기울은 이마, 코, 입술, 옆얼굴의 모양대로 창가에 잠시 맴돌다 사라지는 것을 보았다. 그래서 마지막에는 뭐가 있죠? 샨츠가 거품이 묻은 몸으로 욕조를 빠져나와 고양이를 혼내러 가며 물었다. 이기적인 슬픔, 가짜 공허, 공원이 없는 미래, 사랑을 베끼다 만 우정. 포르노의 엔딩을 두고 떠오르는 말을 고르다 그는 FBI 요원 챙의 테마곡으로 스케치해 둔 음악을 들려줬다. 샨츠가 수건을 두른 채 그에게서 등 돌려 앉아 턱시도고양이 하스를 쓰다듬을 동안 창문가로 스며들어온 가로등 불이 침대와 그들의 윤곽을 적셨다. 그는 여전히 욕조에 누워 화장실 거울에 조그맣게 비치는 샨츠의 뒷모습을 흘기며 젖은 손으로 유리대롱에 불을 붙였다. 바닐라 아이스크림 통을 든 챙 요원이 먹구름 낀 테니스 코트를 가로질러 걸어간다. 요도로 외계인의 난자를 받아 임신한 챙 요원이 테니스 코트에서 바닐라 아이스크림을 퍼먹는다. 3초 정도의 컷이지만 그는 2분 17초짜리 현대음악을 만들었다. 그는 그가 만든 포르노 영화 사운드트랙이 그저 몰튼 펠드만과 드릴을 짜깁기한 것에 불과하다는 사실을 알았고 저기 언제 닦았는지 기억나지도 않는 화장실 거울 안에서 샨츠가 뒷모습으로 어깨와 등근육의 미세한 움직임으로 그를 떠나고 있음을 알았다. 약 기운에 맞이 간 그의 눈빛이 샨츠에게서 풀어지기 이미 오래전부터, 하지만 아직 떠나지 않은 샨츠를 시선에 반쯤 걸쳐 두며 그는 그에게 남은 그의 모든 미래에 희망을 염두에 두지 않았다.

포르노 영화 제작자는 차라리 테크노 트랙을 만들라고 주문했다. 백인새끼들이 춤이라도 출 수 있도록. 그들은 레이싱용 불법 개조 카센터 옆에 딸린 스테이크 레스토랑에서 만났다. 이건 데이비드 린치나 프란시스 코폴라의 영화가 아니라 그냥 이틀 만에 모든 촬영을 끝낸 포르노일 뿐이라고 토로할 동안 그가 처음부터 한참이나 나이프로 스테이크를 짚고 포크로 스테이크를 썰고 있자 제작자는 계산서 위에 돈을 남겨 두고 떠났다. 레스토랑의 싸구려 스피커로 스페인식 볼레로 가곡이 나오는데 앞 테이블에서 그의 죽은 친구들이 말다툼했다. 죽기 전에도 지금도 그들은 요리 하나 시킬 돈이 없었고 스물다섯, 스물일곱 살이었다. 늘 그랬듯이 그들은 그가 듣도 보도 못한 희곡과 작가들에 대해 이야기했다. 그들은 시민 회관과 시장 바닥을 비롯한 수많은 작은 무대를 올리고 올랐지만 한 번도 박수 받아 본 적 없었다. 누구도 그들의 연극을 이해하지 않았고 극소수의 이해하는 자들은 그들을 질투했다. 그와 샨츠는 그들을 만나면 밤새 묘지와 공원을 바꿔 가며 길을 걸었다. 걸을수록 변화하는 공기의 색채를 따라 기쁨 뒤로 우울함이 물들고 그렇게 끝끝내 너무나 분명하게 남아 버린 농도 깊은 슬픔이 플랫폼 벤치에서 지하철 첫차를 기다리는 두 눈에 맴돌다 잠으로 잊힐 때까지, 다 같이 걷는 네 명의 그림자 뒤편에서 그는 혼자 뒤처질 때면 한밤의 배나무들이 길고 얇은 가지의 그림자를 아스팔트 바닥에 흔들어 놓는 리듬을 바라보며 샨츠에게 선물해 줄 믹스테이프의 구성을 떠올렸다. 경적 소리 가득히 바이크가 자빠져 있고 찢어진 머리통으로부터 새빨갛게 적셔진 시선 속으로 차들이 달려오는 도로 한복판에 껴안고 서서, 고개 숙인 그의 귓가에 샨츠가 떨리는 입술을 대고 속삭였던 목소리로 시작해야겠다고. 그 후 아직까지도 믹스테이프를 완성하긴커녕 시작한 적도 없는 그가 죽은 친구들의 얼굴을 마주하자, 죽은 친구들이 그의 얼굴을 뚫고 그의 너머를 지켜보고 있었다.

세탁부 히라시아 콴

아마 그는 이름을 잘못 기억했을 것이다. 새벽 3시쯤, 그는 술에 취해 곯아떨어진 친구를 침대에 눕혀 주고 객실에서 나와 엘리베이터를 탔다. 대학 동기이자, 스페인 국립 관현악단 홍보 팀으로 출장을 온 친구가 묵고 있는 호텔이었다. 언젠가 자신이 단독으로 초청을 받아 투어를 돌 때마다 오게 될 곳이 이런 곳이라 상상해 왔다고 으리으리하고 고급스러운 엘리베이터 안에서 그는 생각했다. 행사 주최 측에서 잡아 준 그의 숙소는 여기서 30분이 넘게 걸리고 3인실 도미토리였기 때문에 그는 차라리 이 호텔 로비에서 새벽을 보내기로 선택했다. 그렇게 그가 아무도 없는 호텔 로비의 가죽 소파에 몸을 파묻고 있을 때, 문 닫은 카페에 놓인, 어둠과 부재 속에 놓인 피아노 곁으로 호텔 세탁부 유니폼을 입은 중년 여성이 세탁 수레를 끌고 걸어왔다. 당연히 그 여성은 피아노 의자에 앉았고 건반 위의 덮개를 조심스레 치워 발 아래로 내려놓은 뒤 연주를 시작했다. 그가 진심으로 여태까지 들어온 모든 생상스의 피아노 협주곡 2번 중에 가장 뛰어나고 아름답고 파괴적이었어요, 라고 말하니 히라시아가 대답했다. 니콜라이 페트로프, 에밀 길레스보다 더? 네. 전 당신 연주가 더 좋았어요. 아르투르도 당신 연주를 들었으면 자기 손가락을 잘랐을 걸요. 에이 그 정도는 아니지. 양손을 허리춤에 올려놓으며 음. 근데 나도 어느 정도는 동의해. 그리고 히라시아는 다시 세탁물을 수거하러 갔고 그는 자기 숙소를 향해 30분 동안 걸어갔다. 서로 아무것도 묻지 않았고 그걸로 끝이었다. 이 모든 일이 당연하듯이.

이르게 달이 뜬 해안가에서 비보이들이 춤추고 있었다. 그는 샨츠의 손에 담긴 리큐어와 같이 보랏빛으로 물든 바다를 등지고서 코크 에스코베도나 재지 펏제이의 트랙을 틀었다. 70년대의 브라스 리듬을 앞지르며 비보이들이 탑락을 밟고, 서퍼들이 파도에서 걸어 나와 발목을 풀고 바위에 걸터앉아 있는 아저씨들의 옷깃이 휘날리는 거기서 키나 쇼키치를 튼다고요? 오키나와 민요에 배틀 중이던 비보이들의 루틴이 꼬이자 관객들이 야유했다. 그들이 앉아 있는 테이블을 지나가던 비보이 중 하나가 그의 어깨를 두드리며 두 번 다신 대회에서 음악을 틀지 말라 경고했다. 모처럼 바다에 왔으니까 틀고 싶어졌다고 비린내 산뜻한 해변 골목의 식당에 마주 앉아, 기름 번지르르한 손가락들 얇고 짧은 촛불 앞에서 기름 코팅되어 그들의 미소 반사해 내며 여러 모양으로 목소리와 눈주름 보조개 같은 표정처럼. 깔리마르만 벌써 두 접시 해치운 샨츠의 반짝이고 다채로운 손가락, 손짓이 끌어당기듯이 골목길의 너비만큼 파도 소리 그들 발아래로 쏠려올 적마다 둘이 바이크를 타고 달려왔던 해안가를 떠올리며 그는 혼자 길가에 서 있었다. 샨츠를 뒤에 태우고 때때로 샨츠 뒤에 앉아 샨츠의 허리를 끌어안고서 그들이 긴 터널을 쏟아져 나가고 감각 없이 침을 흘리는 그는 우버이츠 배달복을 입고 길가에 서서 낙엽처럼 떨어지는 햇볕 아래 멈춰 있었다. 헬멧 위로 스쳐 가던 가로수 구름들 염색약 냄새. 그들이 달려온 길이 계속해서 멀어지고 사라지는 백미러 속에서 언제나 꼭 달라붙어 있는 손 팔 가슴 얼굴. 동네 아이들이 낙엽을 그러모아 그에게 집어던지고 웃음과 함께 도망쳐도 한 시간째 커리 배달이 오지 않아 주문자가 신고를 넣어도 그는 길바닥에 고꾸라질 듯 서서 반쯤 감긴 눈으로 침을 질질 흘리며 아침부터 그가 다려 입은 레몬색 셔츠보다 눈부신 바닷가에 샨츠와 마주 앉아 있었다. 작은 테이블이 하나. 생굴과 레몬 담긴 은쟁반이 올려져 있는 작은, 날파리가 미끄러지는 커피 잔 건너 브래지어 없이 바람마다 가슴 위로 흐르는 파란 원피스를 입고서 웃고 있는 샨츠가 바다에서 넘쳐 오는 바다보다 넓은 하늘의 새하얀 새하얀 폭격에 폭격에 얼굴부터 얼굴부터 온몸이 부서져 노이즈가 되어 버릴 때까지.

　그늘진 벽으로 스며든 빛 가운데서 흔들리는 백합꽃의 그림자 길고 우아한 곡선들이 비스듬히 기울어지는 창틀 모양의 빛 속에서 무수한 빛의 입자들을 깨트리며 매끈하고 아름다우리만치 굵은 FBI 요원의 성기가 들어

섰다 나서고 들어서고 나서고. 그는 영상을 계속 더 확대하여 화질이 아무리 깨져도 투명한 꽃병의 물과 백합 그림자를 돌려보며 '요원을 위한 마르지날리아'라는 제목의 피아노 트랙을 만들었는데 5분 만에 제발 너 혼자 좆같은 미술관에서나 틀라는 제작자의 답장이 돌아왔다. 냐! 누워 있는 그의 배 위로 하스가 뛰어올라와 위엄 있게 먼 곳을 내다봤다. 그는 포르노와 음악을 편집해 미술관에서 트는 상상을 하지 않았다. 어디 지역 이름도 없는 미술관에 온 어린아이가 그 영상을 보고 눈물을 흘리고, 어린아이가 부모의 손을 잡고 데려와 함께 그 영상을 보고, 여름휴가를 온 그 아이의 양부모는 뉴욕의 갤러리스트였고, 그 아이의 양부모가 수소문해 그를 찾기 시작하고, 소문을 들은 온갖 비평가들이 그 작은 미술관에 몰리고, e-flux 대문에 그의 사진이 올라오고, 뉴요커에 그의 작품과 그에 관한 30페이지짜리 특별칼럼이 실리고, 그 가족과 그가 브루클린의 멕시칸 식당에서 만나게 되고, 아이는 그가 아이가 기대했던 사람이 아니라는 것에 실망하고, 식사를 마친 그는 시무룩한 아이에게 인사하고, 홀로 식당을 나와 밤거리를 걷다. 멀리 맨해튼 다리가 보이는 골목이 벽면 가득 MOMA에서 있을 그의 전시 포스터로 도배된 것을 보고, 학생들의 야간 경기가 진행 중인 풋살 코트에 앉아서, 수면제를 꺼내 입안에 털어 넣고, 그런 상상을 하기엔 그는 이미 충분히 오랫동안 텅 빈 미래에 쥐 터져 왔다네. 하스는 여전히 그의 배 위에 네 발을 딛고 서서 위풍당당하게 그를 내려다보고 있었다. 어느 여름 그와 샨츠가 잠자리를 마친 후 그들을 지켜보는 하스를 보며, 죽은 친구들의 영혼이 하스에게 옮겨져 온 것은 아닌지 이야기했을 때, 죽은 친구들이 그들 곁을 배회하는 것은 아닌지, 그래서 하스가 이중인격자처럼 굴고 넷플릭스로 쓰레기 같은 영화를 틀 때 경기를 일으키고 그가 만든 음악을 들려주면 그의 눈앞에서 대놓고 토악질을 하는 것인지, 냉장고에서 꺼내 온 플라스틱 생수병을 얼굴에 부비며 샨츠가 말했다. 만약 그렇다면 하스의 영혼은 어디로 간 거죠? 하스가 어젯밤 코카인을 빨고 닦지도 못한 그의 손을 핥았다. 그는 정신이 있었으나 손가락 하나조차 움직일 의지가 없었다. 그는 그 자신의 존재를 자각하지도 언제에 있는지 궁금해하지도 못했다.

춤추는 친구들 발코니에서 유리그릇 어질러진 테이블 위 유리잔을 하나씩 손에 쥐고서 눈 감거나 허리 흔들면서 미간 모으거나 두 팔 들어 올리면서 엎질러지는 술 여러 길이 여러 두께 머리카락에 엉키는 미소 코와 코 입술과 입술 얼굴과 얼굴 비스듬히 나타나고 사라지는 전자담배 연기 불 꺼진 계단으로 피자 배달부가 자전거 세워 두고 걸어 올라올 동안 발코니 난간 밖에서 달라붙어 오는 이웃의 창문들 인테리어들 불빛들 휘날리며 춤추는 친구들 전봇대 보이는 발코니에서 어지러운 환호성 찰랑이는 반지 팔찌 귀걸이 손목시계 전자담배 불빛 옷 벗거나 어깨 흔들면서 미간 치켜세우거나 담배 들이키면서 엎질러지는 여러 소리 여러 굴곡 머리카락에 엉키는 눈과 눈 어깨와 어깨 비스듬히 나타나고 사라지는 표정과 표정 계단에서 피자 배달부가 열린 문틈 사이 올려다볼 동안 발코니 난간 밖에서 달라붙어 오는 이웃의 가구들 시선들 질투들 휘날리며 춤추는 친구들 시간 흐르는 발코니에서 그림자로 얼룩진 테이블 위 손짓과 몸짓 만들어 가면서 눈 감거나 소리 지르면서 깨뜨려도 투명한 빈티지 유리잔 엎질러지는 여러 과거 여러 미래 엉키는 말소리 코와 코 입술과 입술 얼굴과 얼굴 비스듬히 피하는 친구들 피자 배달부가 자전거 타러 떠날 동안 난간 밖에서 불 꺼지는 창문들 잠에 든 꿈들 희망들 자살들 휘날리며 춤추는 친구들 발코니에서

헤이 우리 음대에 몰래 들어갔던 거 기억나요. 자기 학교였죠. 졸업은 못했어요. 아주 아담하고 조그만 동네였는데 숲은 정말 컸어요. 한 바퀴 뛰었더니 8.5킬로미터가 나왔어요. 그 숲의 시작점에 학교가 있었죠. 엄청나게 키가 큰 나무들의 그늘이 문보다 앞서 마법의 입구처럼 드리우고. 동네를 걷다 보면 동양인 학생들을 많이 마주쳤어. 그 새까만 머리칼들, 젊은 옷들, 어린 외로움들. 다들 악기 가방을 하나씩 들고 다녔죠. 무슨 교향곡 악보가 들어 있을 법한 에코백을 메고선, 다들 돈이 많아 보이던데. 클래식 하는 인간들이 그렇죠 뭐. 자기도 돈이 많았어? 난 좆도 없었죠. 그런 인간들도 섞여 있는 거죠 뭐. 수돗물을 챙겨 가 빵집에 가서 빵을 빌어먹었지. 우리가 함께 갔던 그 빵집? 아니에요. 기분을 망칠까 거긴 가지 않았어요. 자기가 살던 집도 그래서 안 간 거예요? 지나

는 갔어요. 어차피 안에 들어갈 순 없었을 테니까. 모든 게 그대로였어. 낮은 건물들 위로 뻗어 있던 하늘의 깊이감도, 아름답지만 한 번도 들어가 본 적 없는 성당과 매일 코인세탁소에 앉아 책을 읽고 있던 할머니까지도. 그때도 사람들이 거리에서 우연히 마주치고 반갑게 인사하고 오랫동안 시시덕거렸어요? 맞아요. 이틀에 한 번은 거리에서 아는 사람을 우연히 만나게 되어 있는 동네예요. 자기는 그때 누굴 만났어? 지금은 어디서 뭘 하는지 알 수도 없는 학교 애들을 만났죠. 가끔 그들을 떠올려요? 정말 아주 가끔. 보고 싶다거나 만나고 싶다거나 그런 건 전혀 아니에요. 알아요. 말 그대로 떠올리기만 하는 거겠죠. 그것만으로 충분하게 되죠. 코로나 덕분에 마스크를 쓰고 들어가야 했던 게 운이 좋았던 것 같네. 맞아요. 평일인데도 학교에 학생이 얼마 없었어. 내가 상상했던 음대하고는 많이 달랐어요. 구리죠. 구리다기보단 평범한 느낌이었어. 특별할 것 하나 없이 벤치는 낡고 카펫은 냄새날 것 같고 게시판은 정돈되지 않아 더럽고 그래도. 맞아. 그래도 강의실에서 들려오는 연주들은 너무 레벨이 달랐어요. 내가 그동안 들어온 음악들이 다 하찮

게 느껴졌죠. 2층에서는 성악 전공 학생이 목소리를 조율하고 있었고 내 기억에 1층에서는 누군가 브람스 후기 피아노곡을 치고 있었어. 한 번도 좋았던 적이 없는 소품집이었는데 희한하지. 왜 그렇게 좋게 들렸는지요. 날씨와 맞아서? 더 이상 경쟁심이 들지 않아서? 그들이 얼마나 잘하든 그런 것과 전혀 무관할 그들의 미래가 예상되어서? 우리가 브람스만큼 마지막을 예감할 수 있게 되어서? 그런 미친 수준의 연주가 아무렇지도 않다는 듯이 1층에서 학생 둘이 테이블 축구 게임을 신나게 돌리고 있었잖아요. 신입생들 같지는 않았어. 부모님을 데려온 동양인도 있었죠. 자신 있고 초조해 보였죠. 가족 전부가 예뻐 보였는데. 사실 난 그 가족을 위해 마음속으로 기도도 했어요. 기도까지는 아니지만 나도 비슷했어요. 그 가족이 어떤 이들이건 간에 그날만큼은 아무 곳에서도 상처받지 않길 바랐어. 그들 위로 천장에서 햇빛이 쏟아졌어. 그 높은 천장에서부터 그들 곁을 떠다니는 먼지들이 전부 다 보였어요. 식당에서, 하숙집에서, 슈퍼마켓에서 서로를 자랑스러워하며 그들 스스로도 그들에게 상처주지 않길 바랐어. 학교를 세 바퀴쯤 걸었던 것 같아. 매

번 연습실 밖으로 들려오는 음악이 바뀌었죠. 서로 다른 연습실에서 들려오는 악기들이 이어지는 것 같을 때도 있었어. 먹구름이 드리워 온통 그늘이 질 때는 둘 다 팔짱을 끼고 걸었지. 저기 건물 너머 훨씬 높은 숲의 나무들이 어두워지는 것을 지켜보면서. 우리는 복도에 놓인 의자에 앉아 있었어요. 학교 안에서도 그랬고 테라스에서도 그랬죠. 그때 무슨 생각을 하고 있었어요? 글쎄. 숲에서 우리를 지나갔던 말 두 마리를 생각했던 것 같아요. 굉장했죠. 맞아. 뭐가 그렇게 굉장했을까. 그들의 눈빛과 뒷모습이 아직도 생각나요. 거대하다면 거대하게. 학교에서 들려오던 야마하 CFX 피아노 소리가 우스울 정도로. 발자국과 보폭으로 빛을 그려 내듯이 숲의 아지랑이 속으로 멀어져 가는. 그래서 자기는 무슨 생각을 했어? 이곳에 학생이었던 자기가 걸어 다녔던 모습을 생각했죠. 누들집에서 혼자 앉아 있거나 벤치에 앉아 무릎 위에 펴 놓은 악보는 쳐다도 보지 않고 혼자 생각하는 자기들. 아까 그 빵집 말인데. 내가 그때보다 딱히 나아진 게 하나도 없기 때문에 가고 싶지가 않았던 것 같아요. 그때의 장소에서 그때의 사람들을 다시 만나고 그때로부터 그렇게 시간이 많이 흘렀는데도 여전히 아무것도 없는 나를 보여 주기가 싫었어. 변한 게 뭐가 있지. 도대체. 정말. 정말 그렇게 생각해? 모르겠어요. 나는 정말이라는 것이 가능한 단어인지도 모르겠어. 그냥. 응. 그냥 그리고요? 있지 슬슬 잠이 와. 또? 그만 자. 아직 이야기 중인데. 알아. 그런데 있지.

물방울의 크기만큼 축축하게 부드럽고 퉁퉁한 앞발을 하스가 샨츠의 손등 위에 올려 두고 있었다. 엎드려 팔에 기대어 잠든 샨츠가 식탁에서 눈을 떴을 때 기다란 샨츠의 팔 끝 너머 껑충 하스가 사라진 창밖에서 석양이 휘어지고 있었다.

샨츠

요 요 요 샨츠에 앞서 죽은 친구들에 대해 이야기해야 한다.

죽은 친구들

흰 눈이 쌓이는 도요타 안에 그들이 타 있었다. BBC라디오로 사라토프 교회에서 녹음된 러시아정교회의 성가가 흘러나왔다. 그들이 바라보고 있는 서로의 얼굴 뒤편에서 붕괴되는 눈발과 함께 오직 남성으로만 구성된 합창단의 중저음이 공산주의자들의 얼굴 위로 진동했다. 그들이 손을 잡고 있었나. 그들이 처음이자 마지막으로 자비 출판한 희곡집을 읽으면서, 그들의 영혼이 그들의 슬픔에 못 이겨 그들 밖으로 빠져나오지 않게끔 차 안에 가둬진 채 둘이 몸을 꼭 껴안고 있었나. 이 순간이 죽기 전 그들의 마지막 모습은 아니었다. 물론 그들은 공산주의자도 아니고 도요타도 그들의 차가 아니었지. 월세를 밀려 이불도 못 챙기고 집에서 쫓겨난 그들은 길가를 전전하다 얼어 죽기 전에 차를 훔쳐 그곳에서 살기 시작했다. 도요타는 그들의 세 번째 집이었다. 번호판을 바꿔 치고 차이나타운의 탁구장 건물 주차장에 숨어 살면서, 한국 식당에서 남은 음식들을 받아먹었다. 길고양이들의 아기들을 납치해 학생들에게 팔았고, 몇 없는 친구들을 우연히 만난 척 기다리다 커피를 얻어 마시며 그들이 쓸 희곡에 대해 이야기했다. 그렇게 작업에 대해 이야기하다 보면 아직 쓰지 않은, 그러나 마음속에선 이미 완성을 초과해 버리고만 작품에 흥미가 떨어져 다음 연극을 준비했다. 어느 날 그들은 그들 또래의 극단이 올린 창작극 무대를 보기 위해 도요타를 일곱 시간 운전하여 다른 도시에 갔다. 벌써 초연 때 그들이 증오하는 비평가들의 극찬을 받았기에 그들은 핫도그 트럭에서 훔쳐 온 머스터드를 발라 식빵을 씹으며 일곱 시간 내내 그들이 유일하게 인정하는 온갖 이름 없는 작가들의 지문과 대사들로 그들의 이상향이라 여기는 기준을 끝없이 올려 세웠지. 연극을 보고 극장에서 나온 그들은 도요타로 돌아오지 못했다. 그들은 어딘지 모를 길가에 서서 처음에는 걷는 방법조차 잊어버렸다. 그들 스스로 의식하지도 못하고 있는 그들의 숨이 그들의 표정처럼 찬 공기 중에 처참하게 깨져 갔다. 그들은 희미한 전구 불빛에 짓밟혔고 잠들지 않은 새의 지저귐에 찢어졌다. 덤프트럭이 지나가면 그들은 트럭의 찬란한 불빛이 그들을 지나쳐 버리고 있음에 눈이 멀 것 같았다. 모두가 잠든 국도의 한편 깊은 안개를 물리치고 우아하기 그지없는 페덱스 차량이 그들을 모른 체하며 그들이 꿈꾸던 미래를 다른 주인에게로 전송하고 있었다. 피아노 트리오를 틀어 주던 심야의 재즈 라디오 채널이 지금 그들의 뒤통수로 자비 없이 휘몰아쳐 오고 있는 아침의 속도로 카리브 스윙을 틀어 줄 때 차이나타운 주차장으로 돌아온 그들은 더 이상 희곡을 쓰지 않았다. 그들이 누타왓을 본 것은 그로부터 일주일 뒤의 일이었다. 그동안 세수조차 하지 않아 얼굴의 기름이 얼어 굳은 그들이 씻기 위해 탁구장에 들렀을 때, 누타왓은 탁구채 없이 탁구대에 홀로 서서 상상으로 탁구를 치고 있었다. 누타왓은 양팔이 없었다. 왼팔은 젊은 날 도박 빚을 갚기 위해 출전했던 지하 경기에서 잘렸고, 이후 누타왓은 한 팔로 세계 아마추어 선수권을 제패했지만, 또다시 도박에 중독되어 나머지 한 팔도 반납했다고 탁구장의 이고르 선생이 이야기해 줬다. 탁구장의 더러운 창밖으로 눈이 내리고 있었다. 그들은 누타왓을 보자마자 그가 오른팔을 일부러 잃었다는 사실을 알았다. 그들의 눈에 누타왓은 탁구대 위를 거닐고 있었다. 녹색 풀이 자라나고 있는 탁구대 위에서 누타왓이 두 팔을 뒷짐 지고 걷고 있었다. 구멍 난 신발 안으로 들어오는 냉기에 발가락이 어는 것도 모르게 눈이 쌓인 계단을 걸어 내려와 그들은 다시 희곡을 쓰기 시작했다. 정확히는 일기를 쓰기 시작했다. 그들은 일기를 바꿔 읽고 두 달 동안 쓴 서로의 일기를 연기했다. 두 달 동안 이전의 두 달 간의 매일을 하루하루 두 일기에 등장하는 모든 행인들과 날씨까지 연기했다. 그 다음에는 한 달간의 일기를 연기했고 그 다음은 2주, 1주. 그리고 마지막엔 3일. 그들이 죽기 전 그들이 올린 마지막 무대였지. 인터넷과 거리에 포스터를 뿌렸어. 포스터는 별거 없었지. 시작 시간과 거리의 이름, 그들의 얼굴 사진이 끝이었다. 관객들이 거리에 와서 포스터에 찍힌 사진의 얼굴을 찾아 거리를 배회하는 그들을 발견하면 그때마다 공연은 시작됐어. 그들은 눈길을 걸었고 대화했고 졸았고 성교했고 누들을 먹었고 남의 가게 전화기로 전화를 걸었고 독백했고 잠을 잤고 음반을 훔쳤고 탁구장에서 몰래 샤워했고 서로를 끌어안고 울었고, 관객들 중에는 그들이 일곱 시간 동안 도요타를 운전해서 보러 간 그들 또래의 극단원도 있었다. 누타왓을 목격했다는 사람도 있었고 오랫동안 그들의 연극을 따라다닌 단 한 명의 팬이자 무명 비평가도 있었다. 그들의 친구들도 있었고 그들이 연기했던 행인들도 몇 명은 있었을 것이다. 그들은 천사와 같이 그들의 마음만 한 크기의 날개를 모아 내듯이 추위에 몸을 웅크리고 그들을 따라다녔다. 눈이 녹은 자리를 따라 자전거를 타고, 유모차를 끌고, 지팡이를 짚으며 그들이 그들 주위에 머물렀다. 바람에 베이는 얼굴로 그들이 상처 입은 그들의 얼굴을 바라보고 얼굴에서 베어 오는 옅은 피 같은 목소리에 귀 기울였다. 구름 사이로 흘러넘쳐 오는 햇빛을 함께 받았고 피자 가게를 지나치며 함께 치즈 냄새를 맡았다. 이 연극의 요소, 구성, 의미를 파악한 이가 얼마나 되는지는 알 수 없었다. 68시간짜리 연극을 처음부터 끝까지 본 건 동네의 약쟁이 하나와 체첸에서 온 살인청부업자뿐이었으니까. 다음 날 지역신문에는 그들과 그들의 삶, 그들의 연극을 다룬 심도 깊고 기나긴 칼럼 대신 피살된 이고르 선생의 사진이 실렸다.

로비를 지나 도서관의 문을 열고 나오자 그는 꿈을 꾸고 있음을 알아챘다네. 트램의 선로가 깔려 있는 익숙한 거리에서 거리보다 익숙한 어둠이 그의 입김마저 삼켜 냈지. 공기라기에는 냄새에 더 가까운 추위가 뇌 속까지 들어서고 그는 책 두 권을 옆구리에 끼고 길을 건넜다. 사람은 없이 자전거 차임벨 소리가 지나갔다. 소문으로만 들어왔던, 마침내 찾아낸 꿈의 악보집들을 읽으며 밤을 지새울 생각에 설렘이 벌써 그 후의 슬픔까지 앞당겨 왔다. 문 닫은 식당 앞 테이블의 식탁보들이 휘날리고 있었다. 마지막 페이지를 넘기듯이 그는 한 발자국 한 발자국을 음미하며 걸었다. 지금 자신조차 자신에게 버림받았다는 사실에 소름이 돋으면서. 밤을 가로지르는 혼자의 걸음은 언제든지 고향 같았다. 그는 늘 걸어왔던 대로 휴대폰이 전혀 터지질 않는 넓은 골목들을 지났다. 담배도 돈도 없는 빈손으로 가끔씩 얼굴을 쓸어내리면서 손과 얼굴의 피부가 맞닿을 때마다 눈에 보이지 않는 차에 치여 죽은 기분이 들었다. 번화가와 반대편으로 향하여 이어지는 길, 거리 뒤편의 골목 뒤편의 공터 뒤편의 뒤편의 트램 종착지에 도착했을 때 불 꺼진 트램 안에 누군가 등 돌아 앉아 있었다. 이 도시의 전부가 그에게 질려 버린 것처럼. 뻔뻔하게도 그는 트램에 타 있는 이에게 무언가를 말하고 싶었다. 그러나 그가 트램에 올라타자 그는 다시 도서관에 들어와 있었다. 사물함 앞에 가만히 서서 그는 몇 십 분 동안이나 사물함 안을 쳐다보고 있었다네. 사물함을 닫고 그의 존재에 일말의 관심도 두지 않는 로비의 경비원을 지나 도서관의 문을 열고 나오자 그의 눈앞으로 회색빛 그늘이 내려앉고 있었지. 도서관에서 지나쳤던 몇 몇 단골들이 그와 닮은 얼굴들로 각자 벽에 기대 담배 피고 있었다. 이를 악물 힘도 없이 그는 가까스로 입술을 닫아 내며 길을 건넜다. 식당 앞 테이블에 앉아 있는 이들의 말소리가 멈출 때까지 골목들을 찾아 수많은 나무의 그림자조차 그를 붙잡지 않는 거리를 걸었다. 고요함. 골목을 빠져나온 그가 공터에 도착하자 공터를 둘러싼 건물들의 높은 창가에게서 하나둘 조명 불빛이 새어 나왔다. 소리를 지르듯이. 그는 그가 사랑하는 사람이 그 사람의 잘못이 아닌 일로 상처를 받게 되었던 일들을 떠올렸다. 샨츠의 목소리, 콧잔등, 머리칼, 어깨, 젖어 있는 숨소리와 갈라지는 숨소리 사이마다 하나의 신체가 만들어 낼 수 있는 온갖 미세한 떨림들. 그의 뒤로 트램이 다가왔다. 종착지에서 슬픔으로 들어찬 문이 열리면 그는 사물함을 닫고 로비를 지나 영원히 잊히지 않는 기억 속을 맴돌았다.

유리 창문 나무 잎 없이 가지들이 긴 껍질 같은 채도의 날씨 흐린 중정에 여러 그루 건물보다 높아 꼭대기가 보이지 않는 겨울 졸음 나무 잎 없는 가지와 가지 사이사이 이웃주택들의 유리창 유리창 유리창 비어 있는 거실 빛 없는 부엌 낡은 욕실 가지와 가지 사이사이 날아오르고 앉아 내리는 새들 고개 들면 창문 유리 나무 건물보다 높이 꼭대기부터 단풍 흘러내리는 가지들 앉아내리는 피투성이 새들의 피 피 피 중정에 여러 그루 건물보다 풍성해 보이지 않는 유리창 유리창 유리창 가지와 가지 사이사이 날아오르고 흐느끼는 새들 고개 들면 창문 비 비 비 젖는 잎사귀들 중정에 여러 그루 건물보다 커다란 생명 꼭대기에서 휘어지고 부러져 나부끼는 가지와 가지 사이사이 이웃주택들의 비 비 비 빗방울 가득한 유리창 유리창 유리창 책이 멈춰 있는 서재 욕실에 방치되어 있는 노인 바닥에 무릎 꿇고 앉아 기도하는 청소년 눈 눈 눈 사이사이 차오르고 앉아 내리는 어둠 고개 들면 유리창에 비치는 얼굴 하얗게 휴대폰 불빛에 반사되어 어둠의 안과 밖 유리창 사이사이 홀로 떠다니는 표정 표정 표정

차가 달리는 도로에 머리통이 튀어나오도록 어린 여자애들이 인도에 누워 웃고 있어도 아무도 여자애들을 일으켜 세우지 않았다. 숨소리가 시간보다 빠르게 흐르는 거리에 중독자들이 거의 멈춰 있었다. 황금빛 햇살이 그들의 몸 위로 현란하게 무너져 내리는 오후에 그가 나타났지. 빛이 꽉 차올라 눈이 부셔 제대로 쳐다볼 수도 없는 골목 끝에서 그가 나를 향해 걸어왔다. 가소로울 정도로 비틀거리면서 그는 제대로 발음도 못하는 상태로 말을 걸어왔다네. 아직 검열도 출시도 안한 포르노 영화의 가편집본을 줄 테니 약을 좀 달라 했지. 나는 그를 의자에 앉히고 물 한 잔을 내줬다. 차들이 여자애들의 머리통 옆으로 달려갔다. 그는 물컵을 들지 못했다. 덜덜 떨리는 손가락을 유리 표면에 걸쳐 놓고 잡지조차 못했지. 약물 중독과 슬픔은 때때로 동일한 진공에 빠진다네. 그는 포르노로 부족하다면 자기가 평생 모아 온 음반들과 출판하지 못한 녹음물들을 가져온다 했지. 나는 담요를 가져와 그의 몸에 덮어 줬고 뜨거운 물로 수건을 적셔 그의 얼굴을 닦아 줬다. 하늘이 감정을 빨아들이듯이 골목이 색을 잃고 구름이 신음처럼 붉은빛으로 갈라질 때쯤부터 그의 얼굴은 눈물을 따라 찢어지는 것 같았다. 그날 그는 처음 보는 나에게 많은 이야기를 들려줬다. 마치 음악을 틀듯이. 우습게도. 그날 그가 나를 누구라고 생각한 것인지, 착각한 것인지는 알 수 없다. 중요한 것은 그가 마침내 자신의 속내를 누군가에게 털어놓았다는 사실이다. 그가 이기적으로 비겁하고 비열하게 피해 왔던, 그와 만나며 그토록 샨츠가 그의 의지와 그의 입을 통해 듣고 싶어 했던 말들을.

요 요 요

언젠가 이어질 샨츠의 이야기는 이렇게 시작한다. 석양이 줄지어 선 자동차들의 보닛 위로 거인의 발자국처럼 거대한 빛의 자국을 남기며 걸어 나가는 도로에 샨츠가 서 있다. 그가 1분간 말을 하지 않을 때마다 홀로 1년의 시간을 견디고 그를 남겨 둔 채 1년의 미래에 가 있던 샨츠가.

오래되어 보이는 부부의 말싸움과 허리 아래에서 들려오는 꼬마아이들의 속삭임, 누군가 절대로 끄질 않는 아이폰 알람, 창문을 두들기는 비, 화장실에서 동양인 남자가 연습하는 트럼펫 연주, 흔들리는 복도, 가짜 구찌 지갑에서 동전 소리, 가짜 구찌 가방에서 전자담배 꺼내 피는 이들의 튀르키예 말소리, 에어팟에서 삐져나오는 튀르키예 힙합 비트, 여보세요, 임산부의 코골음, 식당 칸으로 향하는 발걸음, 식탁과 부딪히는 유리그릇, 아직 존나 기차 안이에요, 천장을 두들기는 비, 책 종이 넘기는 소리, 안경에 입김 불어넣는 소리, 알아들을 수 없는 중얼거림, 아기의 울

음, 아기의 울음, 아기의 울음, 구겨지는
빵 봉투, 주기도문, 아멘, 귤껍질 까는 소
리, 아이폰 메시지 알림, 노인들이 천천히
숨 쉬는 소리, 약해진 비, 잠든 아기의 새
근거림, 선반에서 가방 꺼내는 소리, 섞이
는 학생들의 웃음, 섞이는 카드 패, 한 장
씩 테이블에 놓이는 카드, 허밍, 가벼운 욕
설, 잠꼬대, 약은 잘 챙겨 드시고 계세요?
열리는 화장실 문, 세면대 물소리, 달려가
는 아이의 발걸음, 신문 펼치는 소리, 라디
오 노이즈, 빗방울 사이마다 바람소리, 입
술과 이 사이로 부서지는 감자칩, 노트북
키보드 타이핑, 잠시만요, 닫히는 문, 줄어
드는 소리들, 적막을 흔드는 복도의 덜컹

거림, 덜컹거림, 빗소리와 새소리, 네 아마

리허설 시작 전까진 도착할 거 같아요, 덜

컹거림, 흔들림, 움직임, 천장부터, 바닥

아래, 레일까지, 빗소리, 바람소리, 맞물

려 연쇄되는 덜컹거림, 북쪽으로 나아가

는, 빗소리, 남쪽으로 밀려나는, 빗소리,

마이크 테스트, 다음 역을 알리는 안내 방

송, 스피커 노이즈, 새들의 지저귐, 선반

의 흔들림, 한숨, 너무 큰 웃음소리, 문 열

리는 소리, 술 취한 발음들, 웃음들, 비틀

거리는 발걸음, 두 입술이 맞닿는 소리, 혀

엉키고 침 늘어나는 소리, 벽에 부딪치는

몸, 웃음 섞인 속삭임, 바쁜 숨, 구겨지는

옷, 벗겨진 한쪽 신발, 맨발의 발딛음, 구

역질, 토사물 쏟아지는 소리, 비명, 욕설, 잦아드는 덜컹임, 열리는 통로 문, 좌석에서 일어나는 소리들, 하품, 기지개펴는 신음, 선반에서 가방 꺼내는 소리, 캐리어 바퀴 끌리는 소리, 겹치고 스치는 말소리들, 스피커 노이즈, 안내 방송, 아이가 창문에 입김 불어넣는 소리, 그림 그리는 손가락이 창문에 미끄러지는 소리, 느려지는 덜컹임, 아이폰 벨소리, 축구 팬들이 부르는 응원가, 짧고 강한 기적 소리, 열리는 문

일러두기

* 이 소설은 웹 플랫폼 인터랙티브 형식 소설을 청탁받아 쓰였다.

* 재수록 텍스트 출처는 작품 말미에 수록하였다.

거짓 아득한 그 옛날 첫 번째 파트 핌

(······)

첫 번째 파트 핌 전에 핌을 발견하기 전에

그 파트를 끝내기 두 번째 파트에서부터

핌과 함께 그게 어땠는지

그러고는 세 번째 파트 핌 다음에는

그게 어땠는지 그게 어떤지 엄청난 시기들

— 사무엘 베케트

복도가 흔들리고 비키는 기대 있다.

① 금 간 유리창

② 문

③ 낙서된 의자

④ 벽

⑤ 녹슨 봉

아무래도 홀로그램 같은 눈송이였는데 온천으로 떨어져 내리는 눈송이를 이마로 받아 내어 눈 감는 원숭이들의 표정이 눈처럼 쌓이는 꿈을 떠올리면서 쌓이고 날리듯이 소음이 흔들리는 바닥으로부터 기다랗게 앞 칸과 이어지는 복도를 바라보고 있으면 지린내 묻은 좌석들 너머 덜컹거리는 통로를 지나 앞 칸의 빈 좌석들이 보이고, 코너 따라 조금씩 휘어지는 전철의 창밖으로 바람 소리와 빌딩들이 무너져 빌딩의 높이로 날아가는 몇 자기부상순찰차들의 불빛이 폐쇄된 시가지를 훑고 지나갔다. 천천히 눈을 감았다 뜨는 원숭이들이 온천 안에서 눈앞의 눈송이 대신 자신의 생각을 바라보듯이 이미 오래전에 깨진 조명 아래 아무도 타 있지 않은 전철에서 어두운 복도를 노려보던 비키가 고개 돌려 창밖으로

① 맥도날드 심벌마크

② 자기부상순찰차

③ 장벽

④ 이민국 타워

⑤ 공중 도시

해방 기병대가 이민국에서 빼내 온 정보에 의하면 이민국은 붙잡은 난민들 뇌에 시냅스 증폭 전송 칩을 설치한 뒤 난민들을 과거로 보내, 지금 동면에 취해 있는 이들의 뇌와 연동시켜 동면자들의 가상 인지 이미지 세계를 끊임없이 업로드시킨다고 했다. 그동안 이전 시대의 기억이 있는 이들과 냉동 시체들까지 발굴해 가며 과거의 이미지를 긁어모은 기업 맥신 터노가 최상 등급 동면 회원들에게만 특별 제공하기 위해 고안해 낸 술수로, 너무 많은 양의 에너지를 필요로 하는 타임워프 비용 탓에 늘 재정 문제를 겪고 있던 이민국 입장에서는 수익도 내고 난민들도 처리할 수 있으니 맥신 터노의 제안을 거절할 이유가 없었다. 백인 난민들은 오히려 과거로 쫓겨나고 싶어 했으므로 소문을 듣고서는 국경을 얼쩡거리며 일부러 잡히기도 했고, 조금 더 머리를 굴리는 백인들은 맥신 터노와의 거래를 통해 고성능의 저장 장치를 미리 삽입하고서 이민국에 잡혀갔다. 이들을 제외한 난민들은 아무 선택권 없이 다시는 돌아올 수 없다는 사실만 간직한 채, 워프 도중 몸이 증발하여 영영 사라져 버릴지 아닐지조차 모르고서 뿔뿔이 과거로 추방당했는데 응우옛이 그중 하나였다.

① 1870년대

② 1990년대

③ 2020년대

④ 1650년대

⑤ 1280년대

사막바람이 불어오는 외곽 지대를 지나 잠시간 전철이 공중 도시의 그늘로부터 벗어날 동안 모래알들을 얼굴에서 치워 내던 비키는 상자에 팔을 기대 둔 채, 집에 도착하기 전에는 열어 보지 말라고 엘레노어가 상자를 건네주며 당부했던 말을 떠올렸다. 어제 새벽 언젠가는 도이치 뱅크 건물이었던 폐빌딩 12층에서 정키들이 엘레노어의 임상 리부트 약을 복용하고 있었다. 녹색 장막이 처진 창 바깥으로 감시 알고리즘이 깔린 인공 강우가 공중 도시의 오물과 섞여 창에 달라붙는 소리가 들려오고 일시적으로 제자리에서 사망한 이들은 한 시간 뒤 환생하여 네 발로 기어다녔다. 황홀경에 젖어 웃고 포옹하고 오줌 싸고 울고 소리 지르는 이들을 지켜보며, 지난 1년간 국경 너머 시체 해변까지 뒤져서 겨우 하나 찾아낸 폴몰 맨솔을 엘레노어에게 바친 비키는 환생한 이들이 자꾸 자빠지다 슬슬 두 발로 걷기 시작하여 언어를 내뱉기 위해 옹알이를 할 때, 담배를 두 손가락 사이에 끼워 두고서 비키를 향해 미소를 짓고 있는 엘레노어의 눈알 없는 눈 속에 손가락을 집어넣어 엘레노어가 맥신 터노에게서 해킹해 온 이미지들을 뇌에 연동시켰다.

① 교토
② 시카고
③ 멕시코시티
④ 향주
⑤ 인천

① 히가시마이즈루 역에서, 해안가로부터 술 취한 해상자위대의 노래가 들려오는 골목에 들어서면, 혼자 여행 온 사람들은 살인마처럼 걸어다녔지. 기하학적인 꿈에 관하여, 숭례문에 관하여, 그것이 아직도 불타오르고 있냐고, 훌륭히 복원되었다는 대답에, 한번 불에게 선택받았던 것은 영원히 불의 그리움 속에서 살게 된다며, 골목에서는 화창한 봄날의 대낮임에도, 불타오르는 소리를 흉내 내며, 단지 나방 한 마리가 돌아다니고 있었고, 나방을 지나 들어온 골목의 반대편 입구를 향해 걸어갔는데, 전갱이덮밥집을 지나니 다시금 해상자위대의 노랫소리가 들려왔고, 마침내 골목을 빠져나왔을 때, 저멀리 마치 또다른 바다에서 벌어지고 있는 사건처럼, 수평이 다가왔음을. 위성도시. 지하철 플랫폼에서는, 책을 들고 서 있는 사람들이 쏟아졌고, 잠시 덜컹거리며 분류되었고, 바로크, 누보로망, 고아가 된 컬트로, 초저녁, 고개를 들어 관람차를 구경하는데, 관람차는 죄책감의 숭배자처럼 회전했고, 공중 밖에서, 공중 속으로 기어 돌아가는 노을에 표정을 물들여 가며 해변 유원지를 걸었고, 비치웨어를 입은 몇 뚱뚱보들을 지나칠 수 있었고, 키다리

광대와 나란히 서 있다가, 롤러블레이드를 타고 다니는 아이들을 피해 온 청년은 손가락이 없는 손을 내밀면서 자신이 아무 죄가 없다 말했고, 수영장에 들어가 수면 위에 얼굴을 그리자, 배영으로 나아가는 얼굴들에게서는 표정이 보이지 않았고, 지하철 플랫폼에서는, 역무원이 아무도 뛰어내리지 않은 철로를 향해 말을 걸고 있었고, 거지들은 신문으로 얼굴을 가리고선 아직 마주하지 못한 불빛에 관해 심각한 척했고, 비에 젖으면 극장에 들어가 캄캄해진 채, 여장 남자들이 스테이지 위에 올라와 마츠다 세이코 노래를 부르는 것을 구경했고, 그들은 교토 성에서 갑옷을 입고 서 있었고, 노란책 유치원 봉고차에 타 있었고, 기요미즈 테라를 지나가며, 지구인들의 주머니들이 모두 이어져 있으면 좋겠다고 택시 기사가 이야기했고, 가끔 낮의 대책 없는 환함, 그 기만 가득한 행포에 질려 무의식적으로 불빛을 중얼거리는 가로등처럼. 교복을 입고 교실의 맨 뒤 책상에 앉아, 점심시간에 매점에서 사 먹을 카레빵을 생각했다. 그러자 학교에 매점이 없다는 사실을 깨닫게 되었는데

② 기타 소리가 들려왔다. 거의 보이다시피. 아침의 조도처럼. 바람에 뜯긴 벽보들이 골목을 빠져나가고 있었다. 눈부심에 자리에서 일어나 그들이 날아가는 방향을 따라 걸었다. 비키는 주머니에 손을 꽂아 놓고 워커 발목까지 올라온 눈을 살펴보거나 부르튼 입술을 매만지며 고개 젖혀 굴뚝 연기를 좇다가는, 가끔은 뒤돌아보곤 아무 동작 없이 멈춰 서 있었다. 흐려지는 발자국과 잠들었던 쓰레기통으로부터 날아오는 벽보들을 마주하며, 언젠가는 그곳에서 익숙한 사람들이 달려오고. 담배를 꺼내 불을 붙일 때 사람들은 골목을 통과해 지나갔다. 담배 연기가 보이지 않는 틈 속으로 사라져 가고, 다시 손에 입김을 불어넣으며 걸어갔다. 음계 안에 빛이 있는 건지 빛의 결이 음률을 만들어 내는 건지, 벽보 날갯짓 사이로 쏟아져 오는 햇빛에 눈살을 찌푸렸다.

거리로 나오자 기타를 멘 장발의 남자가 껴안겨 오고, 뒤에서 또 하나의 목소리가 들려왔다. 그들은 삼각형으로 모여 서서 대마 한 대를 나눠 피웠다. 택시와 피자 배달부, 그리고 아이와 함께 옷을 맞춰 입은 가족이 지나갔다. 여전히 목청껏 노래하는 장발의 남자와, 벽에 기대 담배를 피우는 노인이 보였다. 작은, 아주 작은 눈송이들이 휘날리는데, 내리는 것 같지는 않았고 그저 날려오는 것 같았다. 어딘가로부터. 그곳은 실재하는 곳일까 아니면 허상에서부터 실재가 나타나는 것일까. 생각하는 순간에도 약한 눈발이 도시 꼭대기의 마천루부터 거리의 밑바닥까지 휘날리는데, 잠시나마 기타를 멘 예수와 산타가 대마를 빨고 있는 모습을 본 것 같은 환각에 휩싸여. 산타를 노려보면, 산타의 눈동자 속에서 커다랗고 아름다운 날개가 펼쳐지고 있었다. 등 뒤에서 자라나고 있는 한 쌍의 날개가 마음먹은 당장 이 도시를 버리고 떠나버릴 수 있다는 듯이 산타의 푸른 동공 가득 펄럭이고 있었다.

③ 중남미를 살아가는 수많은 동료들처럼 위자료 문제를 겪고 있는 멕시코시티의 연방 형사였다. 동료들은 자발적으로 카르텔에게 매수당하거나, 청부살인업자를 고용해 고통 없이 자살당하는 것으로 문제를 해결했으나 여전히 아내 이네스를 사랑했으며 그녀와 서로 사랑했던 시절로 돌아갈 수 있으리라 믿고 있었다. 이혼 후 아주 잠시간은 술 취해 밤새 소칼로 광장의 뒷골목을 거닐며, 참수당해 나뒹구는 청년들의 머리통을 베개 삼아 자빠져 자기도 했고, 쿠아우테목 동상 위를 날아가는 비행기를 향해 권총을 뽑아 발포하기도 했지만, 과달루페 성당에 앉아 눈을 감았을 때, 멕시코시티의 새빨간 우체통을 쓰다듬는 꿈을 꾸며 우체통의 색이 페인트가 아니라 실제 피라는 것을 깨달았을 때, 그리고 그것이 자신의 피라는 걸 깨달았을 때, 이네스에게서 전화가 걸려왔고 희망을 기대하는 수화기 너머 영원 같은 침묵 속에서 그녀가 아들이 자살 시도를 했다고 말해 온 이후로는 두 번다시 술을 마시지 않았다. 당시 실종 수사 전담반에 속해 있었는데 마약 범죄보다는 수사 성과가 높았지만 애써 찾아내 본들 이미 살해당해 있는 경우가 많았고 대부분

더 이상 캐 볼 것도 없이 단순히 카르텔과 연관되어 있는 사건들이어서 늘 종결 아닌 종결의 기분으로 수사를 마쳐야 했다. 그러니까 자살은 살인보다 낯선 죽음이었고, 멕시코시티에서의 자살은 어떤 의미로 순교성을 띠고 있었다. 비단 아들 하이메의 자살 미수뿐만 아니라 최근 들어 수사국으로 많은 자살 사건들이 접수되고 있었는데 하나같이 아무런 동기도 찾아볼 수 없어서 엘 그라피코나 디아리오 등의 기자들이 질문을 해 댈 때마다, 자살에 대해서는 경찰이 아니라 사회복지가들에게 물어보라 대답하며 경찰서 밖으로 내쫓아 버리면서도 찝찝함을 감출 수 없었다. 그러던 어느 한낮, 83번가의 노천카페에 앉아 가족사진을 바라보고 있는데 맞은편으로 경찰학교 시절 은사이자 '멕시코시티의 하얀 그림자'라는 별칭을 갖고 있는 호세 차베즈가 찾아온 것이다. 정체를 알 수 없이 두툼한 서류 봉투와 함께.

④ 함성과 함께 먼지 밖으로 조그만 그림자들이 튀어나왔다. 검객들도 승려들도 아닌, 어린아이들이 황사를 뚫고 골목으로 뛰어들어왔다. 머리카락부터 발가락 끝까지 온몸을 움직이며 달리는 아이들. 몸짓이 황홀하게 분방했다. 아이들이 골목 벽을 뚫고 지나가자, 벽이 무너지고 물이 쏟아졌다. 빗방울과는 비교할 수 없을 만큼 많은 양의 물이 더 이상 골목이 아닌 골목을 덮쳤다. 석양이 물을 보랏빛으로 적시고, 몸은 물살에 휩쓸려 떠내려갔다. 힘을 줘 버티지 않았다. 머리가 물에 잠기는 순간, 이미 알고 있는 많은 것들이 물 안에 잠겨 있는 느낌이 들었다. 골목이 그랬듯, 물살 앞에서 모두 무용했다. 물속에 가라앉는다. 보랏빛 물속. 부력에 이끌려 하늘거리는 팔과 다리를 지켜보면 목적도 대상도 없이 춤추는 모습이 아름다웠다. 언제인가 스스로의 몸에 그려 넣은 비늘들이 자연스레 물살을 따라 누워 찰랑이는 비늘을 따라 몸은 어딘가를 향해 흘러갔다.

⑤ 에스컬레이터를 처음 보았던 날, 가만히 있음에도 그것이 비스듬히 이끌어 공중에 데려다 놓았을 때, 지하로 내려다 놓았을 때, 고갯짓 너머에서 사선으로 역행해 오는 이들이 모두 차례대로 사라져 갔을 때 손이 어머니의 손 안에 안전히 쥐어져 있었고, 목각별과 줄무늬 지팡이 등의 장식구들이 화사하게 백화점을 꾸민 90년대의 크리스마스이브에 코트 입은 어머니가 옆에 나란히 서 손을 붙잡은 채, 거울들에게 반사되어 환영에 가까울 정도로 버무려진 전구 빛을 향해 스스로를 끝없이 삼켜 내며 상승해 가는 계단 위에서 어머니는 어머니의 손에 감긴 움직임이 어머니에게서 사라져 버리지 않도록 꼭 상실의 속도를 버텨 내며 여느 일행도 없이 역 출구로 이어지는 에스컬레이터에 올라타 앞선 사람들 머리칼 사이로 비쳐 오는 햇빛을 올려다본다. 조금 눈을 찌푸렸을지, 가까워질수록 베어 오듯 이마 위로 층지는 빛 고개를 조금 돌리거나 오히려 표정을 빛 속으로 놓아두면서, 돌고 돌아와 마침내 거의 들려오듯이 새하얗게 저 앞 아치형으로 오직 빛만이 머무는 곳에서 무엇이 보였을지, 빨려 들어가다시피 환히 휩싸여 보이지 않는 얼굴과 두 눈 속

으로 바스러지는 빛의 무늬들. 새벽녘 잠에서 깨어나 부은 눈 부비며, 날카롭게 밝은 문틈을 바라보면 들려오던 작은 허밍, 에메랄드 색 커튼 아래 한가닥의 머리카락도 남지 않은 어머니가 약기운에 무너져 비명 대신 홍얼거리던 노랫말, 이것만큼은 잊을 수 없게 되겠구나라고. 차라리 여기가 벤쿠버라면 이렇게 유리창을 고개 들어 올려다보면 오로라가 펼쳐져 있을 텐데 빛깔은 적을 필요 없어 적히지 않은 문장들처럼 롱 패딩 입은 한 연인이 창밖에서 등 돌린 채 고개 올려 하늘을 올려다보고, 왜인지 둘이 동시에 한걸음을 더 나서고, 무언가를 받아 내듯 두 손바닥을 하늘을 향해 펼치고, 모든 사람들이 알다시피 첫눈은 피할 수 있을 것처럼 내린다.

그건 응우옛의 몸짓 같았지 그들이 우습고 외로운 떨림까지 서로에게 들리도록 숨소리를 엇갈려 몸을 껴안거나 입술을 맞추다 코를 스치며 손잡고 있을 때조차 그 둘 모두 공평하다고 생각하지는 않았다. 이마를 맞대어 말없이 미소가 오가는 두 고개 사이에서 한 명은 자기의 사랑이 더 크다고 한 명은 자기의 사랑이 더 작다는 사실을 눈치채면서 서로를 향한 이 사랑의 크기의 대비로 인한 슬픔을 두 사람은 말로 꺼내는 대신 함께하는 매 순간마다 각자 견뎌 냈다. 선로가 오르막 따라 휘어지며 전철은 불타 버린 오페라극장의 마천루를 스쳐 가고, 저 높이 머리 위로부터 공중 도시를 가동시키는 공중 뿌리의 홀로그램 데이터 더미들이 부서져 내리면서 비키의 옆얼굴로 번져 오를 동안 비키는 여러 색채의 불빛에 휩싸이는 자신의 얼굴을 만지던 손길을 기억하고 있었다. 새해를 맞아 싸구려 홀로그램 폭죽과 폭주족의 자기부상바이크 불빛들이 끝없이 번져 오는 창문가에 함께 마주 앉아서, 감싸듯이 그러나 동시에 붙잡듯이 다가오던 손길, 손목, 팔 너머에는 이제 영영 과거로 떠나 버린 얼굴. 이미지들을 해킹하다 보면 과거의 길거리 또는 식당에서 걸어가고 있거나 홀로 앉아 밥을 먹고 있는 웅우옛을 볼수 있지 않을까 싶었지만 과거는 너무 짧고 늘 미래보다 불가능했다. 여전히 아무도 타질 않고 플랫폼들은 오래전에 붕괴돼 버려 멈추지도 않는 전철이 돌고 돌아 서부 도회지를 향해 가까워지자 비키는 전철 밖으로 뛰어내릴 준비를 마치고선, 상자를 넣어 둔 륙색을 둘러메며 상자 안에 무엇이 들었을지 상상했다.

① USB 2.0

② 픽셀3

③ 캘리포니아 배경의 소설책

④ 오픈형 이어폰

⑤ 1기가 아이팟 미니

익숙해질 거라고는 생각하지 않았었는데 한 가닥 한 가닥 모여 기다란 출렁거림으로 하늘을 향해 휘날리는 비키의 머리칼 위로 전철이 더 높이 떠나가고 점점 더 멀어져 작아져 가는 전철과 부닥칠 듯 가까워지는 빌딩들 사이의 허공에서 계속 머물 수 있을 것처럼 머리칼과 옷깃 그리고 바람까지, 감각에 붙잡히는 온 풍경이 느리게 흘러가는 순간에게서 깨어나면, 팔 벌려 몸을 회전하여 이제 바로 코앞까지 가까워진 전파탑과 빌딩 마천루들을 배경으로 머리부터 하강하며 깨져 있거나 그을려 있는 수많은 창문들을 지나 폐쇄 지역 아스팔트 도로를 향해 처박히는, 상공 458미터 높이에서 처음에는 이렇게 공중을 달리는 전철 창밖으로 뛰어내리는 일이 미친 짓이라고 두 번 다시 하지 않을 거라 다짐했지만 이 짓이 78구역으로 들어갈 수 있는 유일한 방법이었다. 망막 레이더로 정확한 위치의 입구를 지정하고 추락하면 78구역 입구의 센서가 들어오려는 자의 중력 값을 측정해, 정확히 전철이 지나가던 높이에서 떨어져 내린 사람을 지면 아래의 구역 안으로 흡수시켜 입장 가능하게 만들었고, 추락한 이를 안전하게 붙잡아 주는 동시에 신원 스캔

을 처리하는 중력장에 몸이 잡혀 있던 비키는 신원 확인
이 끝나자 여전히 허공에 뜬 채 어두워 바닥이 보이질 않
는 지하 깊이 끌려 내려왔다.

① 안녕

② 왜 바지에 똥이라도 쌌어?

③ 좋아 보이네

④ 랩이라도 좀 지껄여 봐

대꾸하지 않는 경비원을 지나 희미한 물소리만 들려오는 지하에서 비키는 이제 정말 두 번 다시는 이곳에 오지 않으리라 다짐하며 망막 주파수를 78구역에 맞췄다. 모난 픽셀의 형태에서 순식간에 발아래로 깔려 나가는 자갈길 사이로 가로등불이 끝없이 이어진 골목들과 건물들이 자라나, 비키는 입구에서부터 줄지어 선 노천 음식점들 사이를 걸어갔다. 반박자 늦게 망막과 동기화된 고막으로부터 호객하는 이들의 목소리가 들려오는데 비키의 팔을 붙잡거나 말을 걸어오는 이들 중, 어떤 이들은 인간들일 수도 있고 그중 또 어떤 이들은 가족이 과거로 추방당한 자들일지도 모르고 어쩌면 혹시 소문으로만 들은 과거에서 돌아온 자들일 수도 있다고 생각하면서도 비키는 그들과 눈을 마주치지 않았다. 하얀 타일 벽면의 맨션. 소나무가 심어진 가옥. 팟타이 계란볶음 향. 미세하게 변하는 색채 속에서 비키는 계속 걸었다. 중얼거릴 힘도 잃은 채 술병을 들고 서서 제자리를 비틀거리는 이들의 머리통 너머 고도로 정밀하게 세팅된 색상으로, 노을 직후 초저녁의 새파란 광원 효과에 물들어 가는 술집 간판을 끼고 왼쪽 골목을 돌아 들어가면, 카우보이들이 팔짱을 끼고서 벽에 등을 기대 쉬고 있었다. 새파란 광원이 온기 없는 바람에 실려 골목을 휘몰아치고 말없이 각자 엇비슷한 재킷에 카우보이모자를 쓴 이들이 눈빛을 숨기고 있었다. 그들을 향해 다가가자 그중 하나가 벽에서 등을 떼곤 비키를 쳐다보지도 않은 채 모자를 눌러쓰며 골목 깊숙이 걸어 들어가기 시작했다. 녹슨 부츠의 발자국 소리 따라 걷다 보면 추위가 느껴질 리 없는데 비키는 두 팔로 몸을 감싸야 했다. 새파란 광원 속 벽에 기대 서 여전히 말이 없는 카우보이들에게서 새어 나오는 분위기에 얼어붙어 죽지 않기 위해서. 앞서 간 이는 이제 거의 골목 끝까지 멀어지고 그의 뒤를 따라갈수록 주위가 하얘져

① 학교

② 순교자들의 언덕

③ 호텔 루프톱 라운지

④ 길거리

⑤ 극장

① 교정에 비가 내린다. 중학생들은 줄지어 계단을 내려가고 교실 창밖으로 머리 내민 여자의 비틀린 어깨, 비. 교실 백열전기등 책상 아래 바닥 나무 냄새, 중학생들 줄지어 우산 쓴 걸음걸이 흐르는 운동장 흙 빗소리. 교실의 불을 끄고 담배에 불을 붙이고 치마 주머니에 손을 넣고 책상 위에 뒤집혀진 의자들 터틀넥 어깨선 너머로 담배 연기. 물방울이 창밖에서 여자는 창틀 옷걸이에 걸린 체육복 젖어 가는 모습 지켜보며 주스 캔에 담뱃재를 털어내고 한 모금 더 뱉어 내면 복도로부터 발소리 옥상에서 아무도 떨어지지 않는데 창문에 달라붙은 물방울은 불꽃놀이처럼. 옥상에서 머리부터 떨어지려 하는데 아무도 그녀들을 보지 못하고 회색 긴 치마 다리를 꼬아 앉은 여자는 몇 열린 사물함 흘러나온 스타킹 기다랗게 창밖으로 팔 내밀어 차가운 투명함 손가락을 스쳐가게끔. 칠판지우개 복도의 발소리가 가까이 시계 없는 교실에게로 쏟아지는 운동장 담배 연기 속에서 여자가 창을 닫고, 발소리 교실 문 앞에 머물며 걸상 다리 사이를 훑고 빠져 나가는 비바람의 허리 따라 중학생들이 흐르던 자리로 여자는 담배를 던지고 문이 열리면 창밖, 비가

내리는 플랫폼 문이 닫히면 여자는 가끔씩 흔들리면서 손잡이 붙잡은 채 멀어지는 플랫폼에게서 눈을 떼고 이어폰으로 성가대 노래, 코트 깃 여미며 냉장고에 남아 있을 식재료들을 떠올리고 청소와 샤워를 마친 뒤 침대에 누워 눈 감길 때까지 볼 영화를 고르고 전철 의자에 앉아 있는 사람들에게서 화장실 물 냄새. 다음 역이 베를린이라면 오슬로, 몬트리올. 집집마다 발코니 난 건물들 사이의 거리를 코트 위로 팔짱 끼고 걸어가며 흩날리는 머리카락에 인상을 찌푸리고 어깨가 흠뻑 젖어도 발코니의 사람들이 내려다보아도 아무렇지도 않게 길가에 자리한 묘원을 지나 불친절한 종업원이 야외 파라솔을 접고 있는 카페테리아에 들를 수 있다면 지하철 창에는 빗방울만이 화질을 무너뜨리듯 화성학처럼 여자는 손잡이와 함께 흔들릴 때마다 이끌려 가면서

② 촛불 든 신자들이 하나둘 성당을 빠져나와 언덕을 올랐다. 방금 1년 동안 생각했어. 아이들은 후미를 따라 걸으며 이야기했다. 이제 내가 너보다 미래에 있는 거야. 언덕의 공기는 넓어 젖은 풀을 뭉개는 아이들은 말하면서 잊어버릴 줄을 알았고 찬 손으로 가린 촛불이 자그맣게 밝히는 신자들의 새하얀 표정이 바람에 부드러워지는 들판과 비술나무 가지 사이로 일렁이며 순교자들의 묘지를 향해 이어지는데 아이들은 서로의 뒤를 가리켜 귀신을 꾸며 내어 공포 안에 둘만이 함께 머물 수 있게 했고 오르막 오를수록 오래전 같은 하늘을 올려다보며 바람에 부드러워지는 꿈결과 꿈꾸면 부드러워지는 눈동자로 바라보았던 안개 속을 헤엄치는 신자의 얼굴들이 안개를 들이마시는 만큼 무리에게서 멀어지며 안개 너머 유리 저택에서 악보 없이 잠든 얼굴을 기대하는 만큼 홀로 되어 제자리를 배회했으나 시선 벗겨진 눈동자로 깨질 듯 흔들리는 촛불만을 담아내는 신자들은 하나, 둘 묘지에 도착하고 아이들이 웃다 멈춰 서로의 얼굴을 마주하는 대신 어지러운 비술나무를 바라보며 방금 10년 동안 생각했어. 이제 내가 너보다 미래에 있는 거야. 가

지 끄트머리에 앉아 있던 참새가 꼭대기로 날아가도 그곳은 나무 안이었고, 10년 동안 무슨 일이 있었지? 너도 생각해 봐. 지그재그 옮겨 다니는 참새를 쫓아보며 비술나무 안의 아이들이 우리는 새로운 표정을 갖게 되겠구나. 맞아 새로움을 포기하는 순간에도 그럴 거야. 크루즈에 타 있는 우리를 봤어. 수면 안대를 끼고 있었지. 좋았는데. 우리는 따로 앉았어. 그때도 생겼을 거야. 불 꺼질까 손 바꾸지 못하며 비술나무를 지나가는 신자들의 얼굴이 하나둘 모여 묘지에 가까워질수록 유려해지자 가끔은 어제 죽을 줄 알았어. 그때도 생겼을 거야. 가끔은 다 내일 같았어. 그때도 생겼을 거야. 가끔은 우리를 우리 밖에서 보고 싶었고, 암각이든 장방형이든 우리가 같이 있는 모습을 우리 밖에서 감상하고 싶었는데 글쎄 어쩌면 우리가 단지 각각 하나씩의 유형인 것처럼. 모르겠다. 우리는 우리가 좀 더 나은 인간들인 줄 알았지. 모두가 그랬어. 가지에 걸려오는 신자들의 얼굴을 하나하나 살펴보며 비술나무 안의 연인들이 이야기하기를. 네가 어쩔 수 없는 일이라 부연한 일들이 일어났지. 어쩔 수 없는 일은 어쩔 수 없는 일로 연속되기 마련이야. 우리는

관중 없는 소프트볼 경기장에서 소프트볼이 실재한다고
말했는데

③ 아이패드를 든 직원들이 지나가고 옆자리에 서로를 마주 보고 앉은 일본인 연인들의 시선이 밀려나는 먹구름을 향하면, 기습 폭우 탓에 한 시간 전만 해도 빗방울에 얼룩진 버스 창가로 과장되어 다가오던 공상과학적 불빛들이 보정 없는 색채로 루프톱 바깥의 도시에 촘촘히 박혀 있었는데, 감상한다기보다 바로 눈앞에 스며들면서도 너무 멀어 잡을 수 없는 불빛들을 그저 배경으로 삼은 채 전자담배를 피우는 일본인 연인들 곁에서, 자신이 미래에서 온 것 같았다고 생각했다. 64층 높이의 바에 앉아 푸른색 칵테일이 담긴 술잔과 저기 먼 아래 직사각형으로 흐르는 시민 수영장을 번갈아 보다가는, 그 주위로 징그러이 흩어진 빌딩 불빛들에 집중하다 보니 이 도시 자체가 유적지처럼 느껴져. 서서히, 유적지가 될 미래의 유적지들을 미래에서 돌아와 감상하는 기분, 알아들을 수 없는 종류의 외국어들이 허리를 꼿꼿이 세운 슈트 차림 직원들 사이를 오가는데, 이 도시의 가장 높은 곳에서 구름의 방향으로 넓어진 하늘을 올려다보던 일본인들의 얼굴이 사실은 죽은 자들의 것일지도 모르듯이 불빛을 바라보며 누워 있는 도시가 목이 잘린 채 누운

부처의 석상과 겹쳐져 갔다. 어쩌면 그것이 미래로 돌아가려는 자세일지도 모른다고 생각됐을 때는, 눈앞으로 무너지거나 부식된 미래의 빌딩들이 나타났으며 한순간이지만 먼지와 바람이 갈라지고 있는 유적지를 걸어 볼 수 있었다. 찰칵찰칵 야경을 찍는 사람들이 카메라 플래시로 무량의 시간 속에서 현재 바깥의 무늬들을 모조리 학살하기 전까지. 천변을 낀 골목에서 중년 남성이 비둘기 목을 가위로 자르던 모습, 팁을 더 달라 소리 지르던 뚝뚝 기사의 모습, 총포상 앞에 앉아 혼잣말을 중얼거리던 자의 얼굴 등등, 더 이상 처음 보는 사람들과 죽은 자들을, 처음 보는 도시와 죽은 도시를 어떻게 구별해야 할지 모를 동안

④ 로어 이스트사이드의 파란 문을 열고 나오는 두 남자가 너를 본다. 로어 이스트사이드의 벽담을 따라 조깅하는 두 남자가 너를 본다. 로어 이스트사이드의 벤치에 앉아 서로의 팔뚝을 주무르는 두 남자가 너를 본다. 로어 이스트사이드의 골목길에서 손을 잡고 걸어가는 두 남자가 너를 본다. 로어 이스트사이드의 치카노 파티에 초대받은 두 남자가 너를 본다. 로어 이스트사이드의 쓰레기통 옆에서 중국인에게 포춘 쿠키를 뜯어 보이는 두 남자가 너를 본다. 로어 이스트사이드의 강아지들 이름을 몽땅 외우고 있는 두 남자가 너를 본다. 로어 이스트사이드의 신호등을 세 번쯤 어긴 적 있는 두 남자가 너를 본다. 로어 이스트사이드의 리듬 앤 블루스 왕자들이 너를 본다. 로어 이스트사이드의 주택가에 세워 둔 택시 안에서 택시 기사와 키스하는 두 남자가 너를 본다. 로어 이스트사이드의 비 내리는 농구장에서 린치당하는 두 남자가 너를 본다. 로어 이스트사이드의 피자가게에 서서 피자를 먹는 두 남자가 너를 본다. 로어 이스트사이드의 그늘 없는 도로에서 보행기 끈 할머니를 앞질러 걷지 않는 두 남자가 너를 본다. 로어 이스트사이드의 조지콕

스 클리퍼 신은 여자아이에게 타투받는 두 남자가 너를 본다. 로어 이스트사이드의 세탁소에 셋이 나란히 앉아 랍비의 말을 경청하는 두 남자가 너를 본다. 로어 이스트사이드의 가로수 아래 가로수 그림자 속 반짝이는 햇빛 두 남자가 너를 본다. 로어 이스트사이드의 테니스 코트 외곽을 걸으며 말다툼하는 두 남자가 너를 본다. 로어 이스트사이드의 셔터 내린 팬케이크 가게 건물 5층 발코니에서 알몸으로 담배 하나를 돌려 피는 두 남자가 너를 본다. 로어 이스트사이드의 꽃집에서 튤립을 사는 두 남자가 너를 본다. 로어 이스트사이드의 리사이클 샵에서 자전거를 고르는 두 남자가 너를 본다. 로어 이스트사이드의 카페 노천 테이블에 앉아 이나가키 타루호를 읽는 두 남자가 너를 본다. 로어 이스트사이드의 어린 남자 피자 배달부들의 엉덩이를 바라보지 않으려는 두 남자가 너를 본다. 로어 이스트사이드의 지하 서점에 주저앉아 서로에게 편지 적는 두 남자가 너를 본다.

⑤ 극장 복도를 걸어 결 밟힌 붉은 카펫, 지나오며 괘종시계가 있었다고 안대를 찬 극장 직원 치마 주머니에 손을 넣고 정수기 앞에 서 있는 모습. 실내화 가방 들고 중앙 계단을 내려오면 교무실 팻말 아래 니스 칠해진 목재를 길게 세워 가둔 금빛 종소리 마지막이 몇 시였지, 치마 주머니에 손 넣고 걸어가는 직원의 뒷모습은 눅눅한 복도 벽지 사이로 캄캄하게 사라진 상영관 비상구에 서서 스크린을 올려다보아, 무음의 먼지들 궤도 하얀 뒤틀림 천천히 반바지 속으로 서로의 손 집어넣은 남자 둘 머리 위에서 영사기 빛줄기는 예언 같아 손가락이 가느다랗고 팽창하는 팝콘 냄새 어제 정수기 앞에 서서 물방울 맺힌 종이컵의 납작한 바닥을 지켜보았고 어제도 아래층에서 바이올린 켜는 소리가 들려오게끔 창문을 열어 놓고 앉아 있던 목제 의자에서 걸어 나가 창밖으로 뛰어내리는 여인을 바라보았지 여인은 스크린으로 두 번 다시 나타나지 않았다 평평해 오래 바라보아지는 것들이 손가락으로 후벼 파 본 왼쪽 눈알 안대를 대어 양장점을 지나 극장에 오기까지, 은박지 두른 김밥을 들고서 시민공원을 가로지르며 어릴 적이 떠오르지 않았다. 안대

를 들추고, 내려놓고 다시 들춤 내려놓음 오른편에서 왼쪽으로 사라지는 참새, 징검다리, 분수대 아이들, 매미 울음 밝은 나뭇가지 찢어지는 비상구 녹색 불빛 종이컵 바닥을 바라보고 바캉스에서 어떤 헤어스타일을 하고 있었지 어릴 적 해안가에서의 부모님 얼굴이 조금도 기억나지 않아. 매일매일 바이올린 소리가 창문을 펼쳐 놓을 때마다 눈앞에서 자세해지는 여인의 뛰어내림 신음 소리 남자 둘 저음으로 삐걱대고 녹색 불빛 비상구 문 불 꺼진 통로, 계단이 바닥날 때까지 내려가 봐도 여인의 시체를 찾을 수 없었다.

술병을 들고 서서 제자리를 비틀거리는 이들의 머리통 너머 고도로 정밀하게 세팅된 색상으로 노을 직후 초저녁의 새파란 광원 효과에 물들어 가는 술집 간판을 끼고서 왼쪽 골목을 돌아 들어가면, 팔짱 낀 카우보이들이 벽에 등을 기대서서 쉬고 있었다. 새파란 광원이 온기 없는 바람에 실려 골목을 휘몰아치고 각자 엇비슷한 재킷에 카우보이모자를 쓴 이들 앞에서 비키는 골목이 포맷됐음을 눈치챘다. 비키가 그랬듯이 골목을 돌아 카우보이를 찾아온 다른 이들이 비키를 스쳐 지나갔다. 얼굴을 보지 않아도, 단지 옷깃을 스치는 것만으로 비키는 그들이 오랫동안 울고 그 후로 그보다 더 오랫동안 울지 못했음을 알았다. 과거로 간 이를 떠올릴수록 그에 관한 기억이 고장나 버리기 때문에. 안전하게 이미지 매립지로 안내하기 위해 카우보이들이 골목을 걸어 나가는 소리와 오랫동안 참느라 말라붙은 울음이 하얀 빛 속에서 피어나는 소리가 들려오고 비키는 망막의 주파수를 껐다. 더 이상 아무것도 보이지도 들리지도 않는 곳에 비키가 혼자 서 있었다. 언젠가 어떤 이들은 과거로 추방당한 후 잠에서 깨어나질 못한다는 이야기를 들은 적 있는데 동면자들과 역 동기화되어 그렇다는 추측도 있었고 오직 긴장감만 가득한 그들의 꿈이 온 근육을 마비시켜서 그렇다는 추측도 있었다. 비키는 지금 웅우옛이 그렇게 잠에 빠져 있지는 않은지 그렇다면 그 꿈은 과거라 불러야 할지 미래라 불러야 할지. 잠에 들기 전에 계속 웅우옛을 생각하고 같은 시각 웅우옛 또한 비키를 계속 생각하면 혹시나 둘의 꿈과 시선이 동기화될지도 모른다는 망상을 갖고서 매일 한숨 속에서 잠을 자는 비키는 지상으로 빠져나가기 위해 중력장에 몸을 띄운 채 둘이 침대에 앉아 함께 보았던 바다를 떠올리고 그들의 앞이 아니라 그들의 몸 위로 흐르던 바다처럼 기억이 비키에서 흘러내려가는 것을 느꼈다.

① 하얀색 혼다 CB1100

② 녹색 가와사키 닌자

③ 노란색 BMW C600

④ 은색 할리데이비슨 스트리트 750

⑤ 파랑색 스즈키 B-KING

도로 위로 광선이 지나가고 문 잠긴 박물관 담을 넘어 들어가면 정원에서 대마초 냄새와 와인 마시는 이들의 웃음소리. 앞서 박물관 계단을 올라 전시실의 어둠 속으로 사라졌던 응우옛이 등 뒤에서 나타나 놀랠 적마다 놀라지 않은 척 비키는 표정을 숨기느라 뒤도 돌아보지 못하고 옥상에 도착해 난간 아래로 거대한 청동기마상이 내려다보이는 테라스에서는 차가운 새벽 공기, 비키와 응우옛은 손을 잡고, 촉감으로 오가는 온기가 그들 주위의 추위와 박물관이 모두 가상임을 상기시키고 손을 놓고, 난간에 몸을 기대고 어깨를 기울이고 무슨 이야기를 했었는지 비키는 대화 내용보다는 말소리와 함께 흘러나오던 담배 연기, 담배 연기 뒤로 맴돌던 응우옛의 얼굴, 응우옛의 얼굴을 감싸고 있는 밤을 구성하는 그래픽들, 박물관 섬의 긴 회랑을 둘러싼 강줄기 너머 저 먼 골목에서 미끄러지고 있는 바이크 테일 램프 불빛이 물고기 같다고. 그 불빛을 가리키는 응우옛의 손가락, 목소리, 뒷모습 바람에 옷이 부풀어 올라 나아가는 만큼 풍경을 나부끼며 부서트리는 바이크 위에서 도로에 광선을 이어 가는 비키는 (1, 2, 3, 4, 5 중 고른 이름) 핸들을 잡고 해안가를 질주했다.

① 책을 읽는다.

② 껌을 씹는다.

③ 눈을 감고 존다.

④ 손가락 관절을 주무른다.

⑤ 음악을 듣는다.

부서진 달 덩어리가 떠다니는 해변의 모래사장에 바이크를 세워 두고 서 있던 비키가 헤드라이트를 켜고 다시 시동을 걸어 바다를 향해 들어가자 파도쳐 밀려오는 바닷물은 젖지 않고 작은 물고기와 물방울의 픽셀들이 조각나며 비키의 몸을 통과해 지나가 그렇게 계속 더 바다 깊이 들어갈수록 점점 옅어지는 바다의 홀로그램 안에 하수도 터널이 나타났다. 오가는 이 없이 텅 빈 하수도를 화질이 깨져 가는 백상아리와 돌고래 떼를 따라 달리다 보면 공중전화 박스 200여 개가 놓여 있는 공터에 도착했다. 모양도 색도 크기도 다른 공중전화 박스 사이사이 사람들은 누워 잠들어 있거나 기도하고 정처 없이 걸어 다니며 전화를 기다리고 있었는데

언젠가 공중전화 벨이 울리는 소리를 듣고 전화를 받으니 1980년대 마르세유로 추방당한 이와 전화 통화를 했다는 누군가의 이야기가 소문이 나, 해방 기병대들이 여기저기서 버려진 공중전화 박스를 수거해 오기 시작했고 소식을 들은 이들이 과거로 추방당한 친구, 가족들의 목소리를 듣기 위해 몰려왔다. 추방당한 이들이 전부 전화가 있던 시대에 추방당하는 것이 아니었으므로 또

그들이 미래의 이들에게 전화할 방법을 알고 있는 것도 아니었기에 전화가 울리는 일은 없었으나, 가끔 그들이 혼자 공중전화 박스에 남겨 놓은 말들이 보존되어 있는 일이 있었고, 비록 아직은 토막 난 이야기를 저장해 두는 것뿐이지만 언젠가 그들이 미래에 전화를 거는 방법도 알아낼 것이라는 바람에 사람들은 계속해서 이 물의 그래픽으로 공중 도시의 감시에서 벗어난 곳을 찾아와 공중전화들을 하나하나 해킹하거나 전화를 기다리며 머물렀다. 무장한 채 공중전화 박스를 지키는 몇 기병대원들이 하던 일을 멈추고 자리에 멈춰서 비키에게 거수경례해 오면 비키는 모른 체 지나가, 공중전화 박스들의 번호를 확인하며 아직 들어가 보지 않았던 공중전화박스 하나를 골라 들어갔다.

① 하늘색 공중전화박스

② 빨간색 공중전화박스

③ 초록색 공중전화박스

④ 은색 공중전화박스

① 어제 목로주점에 갔다네. 정신병자들이 병뚜껑을 가지고 와서 계산하는 술집 말일세. 어제도 거구의 블루스 주자가 대기하고 있더군. 그가 진짜 맹인인지 맹인 흉내를 내는 블루스 주자인지는 아직 아무도 밝혀내지 못했지. 물론 블루스를 흉내내는 맹인일 가능성도 있다네. 그는 항상 옆에 개 한 마리를 끌고 나타났어. 정신병자들이 말하길 그 개의 종을 보더콜리라 한다더군. 개는 블루스 주자 옆에 엎드려 눈을 뜨고 있었지. 술을 마시지 않고 집에 돌아와 뉴스를 시청하는 모든 시청자들처럼 말일세. 블루스 주자는 당연히 블루스를 연주했네. 도망가는 시간을 애써 붙잡아 두려는 듯이 끊임없이 끙끙거리더군. 그렇게 세 곡을 부르고 나니, 몇 정신병자들은 욕설을 하며 의자를 집어던졌고, 몇은 마찬가지로 욕설을 하며 제자리에서 눈물을 쏟아냈네. 나는 눈알이 네 개 달린 남자에 대해서 생각했지. 누군가 두 눈을 잃었다면, 누군가는 두 눈을 더 가졌을 것이 아닌가. 여하간, 내가 그런 상상을 하고 있을 때, 블루스 주자가 가방에서 책을 꺼내더군. 그건 점자책이 아니었네. 이보게, 내 확신하는데, 그 책은 마우리츠코르넬리스 에셔의 판화집이었어.

그 책을 알아보지는 못했지만 정신병자들은, 여태껏 장님 행세를 한 것이냐며 그에게 술병을 던지고 침을 뱉었지. 그런데도 블루스 주자는 여전히 단 한마디도 반박하지 않더군. 그저 천천히, 아주 천천히. 모르겠네. 그 순간 그가 천천히 움직였던 것인지, 그의 주변이 너무 빨리 움직였던 것인지, 지금도 알 수가 없어. 그가 커다란 몸을 움직여 그 책을 그의 개 앞에 펼쳐 놓더군. 그러자, 여태껏 이 모든 상황을 관조했던 그의 개가, 주인이 별 이유 없이 짓밟히고, 정신병자들이 근거 없는 광기에 사로잡혀 있는 것을 흐리멍덩한 눈으로 쳐다보던 개가, 두 눈을 거의 영원할 것만치 지그시 감고는, 펼쳐진 책의 한가운데, 바로 기하학적으로 불가능한 양식의 건축물의 한가운데에 자신의 앞발을 오려 두는 것이 아니겠는가. 나의 벗이여. 만일 자네가 나 대신 목로주점에 있었다면, 싸구려 나무의자에 앉아 정신병자들의 머리통 사이로 블루스 주자와 그의 개를 보았다면, 고개를 숙여 개의 귀에 무언가를 속삭이고 눈을 감고 주인에게 고개를 끄덕이는 그들의 대화를 들었다면, 분명 연주되지 않고 있는 기타 리프가 별이 쏟아지는 소리처럼 전방위에서 자네를 엄습해 오는데, 아무것도 보이지 않는 사람의 미소와 아무 말도 할 수 없는 개의 지성에게서, 질투와 증오, 그리고 소외감을 느꼈다면, 자네는 자기 자신을 제정신이라 여길 수 있겠는가?

② 친구. 어제도 꿈을 꿨어. 네가 걱정하는 걸 잘 알아. 나도 널 걱정하고 있으니까. 그곳에서 나는 익숙한 현관에 서 있었어. 내가 보이지 않을 정도로 어두웠지만, 그곳이 오래전, 내가 작은 두 발로 아장아장 걸어올라갔던 계단이 있는 현관임은 쉽게 알 수 있었어. 계단을 올라가는 일이 스스로의 욕망을 세어 볼 수 있는 유일한 일이라, 말한 적 있었지. 그래. 어둠 속에서 그 계단을 걸어올라가며 나는 초라해졌던 거야. 마지막 층계참을 밟았을 때 나타나는 민무늬의 쇠문과 낡은 초인종을 상상하며, 그리고 식탁에서 나를 기다리고 있을 남자와 여자에 대해 걱정하며 나는 비굴해졌지. 문에는 십자가가 매달려 있었어. 이전에는 없었던 건데, 이상하지. 그럼 안에도 이전과 같은 사람들이 없는 것은 아닐까. 이상할 것도 없지. 내가 그 집을 떠난 건 벌써 오래전 일이니까. 초인종을 누르고 기다렸어. 벨소리는 변하지 않았더군. 그런데 도대체 이상하다는 건 무슨 말일까. 마침내 문이 열리고 늙은 여자가 나타났어. 안녕하세요? 청어 냄새. 오븐용 장갑을 끼고 있던 늙은 여자가 나를 껴안고 주저앉기 시작했어. 무너져 내리는 여자를 잡아줬어야 했는데, 나는 그저 서 있

었지. 안녕하세요, 라고 인사를 되풀이하면서, 내가 설마 그 말이 모든 것을 되돌릴 수 있다고 생각했던 것은 아닐까. 아니겠지. 뒤늦게 늙은 남자가 나타났어. 너에게 불쌍한 과일 장수에 대해서 내가 이야기했던 적이 있을 거야. 그 불쌍한 과일 장수가 늙은 여자의 뒤에서 더 불쌍해진 모습으로 나를 바라봤어. 안녕하세요. 우리는 식탁에 둘러앉았지. 늙은 여자는 두 손으로 내 오른손을 꼭 잡은 채 놓지 않았고, 불쌍한 과일 장수는 말없이 냉장고에서 과일을 꺼내 오고, 나는 거실에서 여전히 출렁이고 있는 커튼을 지켜봤던 것이 기억나. 우리는 많은 이야기를 나누지 않았어. 단지 식탁을 두고 오래 둘러앉아 있었지. 친구. 꿈속의 꿈에 대해서 생각해 봤어? 꿈속의 꿈속의 꿈에 대해서는, 꿈속의 꿈속의 꿈속의 꿈에 대해서는? 그렇게 꿈을 자승하다 보면, 꿈이 다시 현실이 될 수 있을까. 아니면 그건 계속 꿈인 것일까. 차를 마신 후, 늙은 부부를 식탁에 남겨 두고 화장실에 갔을 때.

③ 잘 안 들리지 미안, 다들 자고 있어서. 추석은 잘 보냈어? 나는 지금 호텔에 있어. 야외수영장을 걷고 있지. 락스 냄새가 나. 아침이 되기 전까지 엘리베이터 하나만 더 고치면 돼. 아저씨는 같이 안 왔지만 이제 혼자서도 할 수 있어. 조금 무섭긴 한데 익숙해질 거라는 걸 알아. 그리고 그런 것들을 안다는 게 가끔 지겨워. 바람 분다. 와 물이 밀리네. 비가 올까. 불 켜진 방들이 몇 보여. 호텔 방 안을 상상했었는데. 기숙사에서 몰래 미국소설 읽으면서 북경의 대사관에서도. 서울에 군인들은 돌아다니지 않아. 종종 보이기는 하지만 별로, 그들도 사람들도 서로에게 신경 안 쓰는 것 같아. 들었어? 울음소리 같은데 누가 또 잠이 안 오나 보네. 잠깐 썬베드에 좀 앉아 볼게. 한 번쯤 앉아 보고 싶었거든. 아. 편하다. 아니야 불편한 것 같기도. 별거 아니네. 이 시간에 혼자 수영하면 기분 좋을까. 안전하고 아마 따뜻할 거야. 이 물들이 얼어붙었을 때 그 속에 갇혀 있던 얼굴이 우리가 처음으로 만난 시체였지. 앉아 있으니까 춥네 슬슬 걸어야겠다. 아까 울던 사람은 다시 잠들었나 봐. 잘 자면 좋겠다. 주말에는 친구들이 초대해 준 파티에 갔어. 전에 극장 엘

리베이터를 고치고 나오던 길에 만난 친구들이야. 먼저 말을 걸어 줘서 고마웠어. 거기 엘리베이터는 너무 오래돼서 다섯 시간이나 작업해야 했거든. 얼굴도 찌들고 몸에 구리 냄새가 엄청 배여 있었을 텐데, 들어보니 걔네들이 가장 좋아하는 극장이래. 희귀한 영화들을 틀어주고 외국 감독들도 온다고 했어. 나도 쉬는 날 한번 가봤지만 무슨 내용인지 하나도 모르겠더라. 왠지 도중에 나오긴 창피해서 그냥 자 버렸어. 꿈에서 네가 나오는 영화를 본 것 같은데 하여간 걔네들은 함께 도서관도 가고 UFO를 찾아다니면서 시위에까지 참여하는 것 같아. 초대받은 장소도 미술관이길래 긴장했지만 막상 가보니 엄청 허름한 건물이었어. 기억나? 우리 동네에 삐쩍 마른 군인들이 점박이 개랑 함께 낮잠 자던 폐허들? 그것만도 못해 보였어. 근데 옥상에 올라가니 좋더라. 멋있는 사람들, 멋있는 음악들, 멋있는 음식들이 모여 있어서 사실 울 뻔했어. 와,

④ 나야. 퇴원길에 코스를 들려 블루종을 샀어. 버스를 타려다 걸어왔지. 아, 피팅룸에서 잠시 정전이 있었는데, 글쎄 잘 모르겠네.

언제나 먼저 잠드는 사람이 있다면 언제나 먼저 잠든 사람의 얼굴을 바라보는 사람이 있다고. 행진하는 사람들의 함성 사이로 언뜻언뜻 보이던 얼굴을 아직 떠올릴 수 있었다. 마지막 시위가 있던 날 벨벳커튼처럼 공중에서 펼쳐져 지상으로 흘러내리는 하얀 빛들에 비명 보다 빨리 터져 버리는 사람들 가운데 응우옛과 비키는 15, 17살이었다. 6년 뒤 해안캠프에서가 아니라 고가도로 위에서 눈 뜬 채 기절한 그날에 너를 처음 보았다고 비키는 응우옛에게 언젠가, 극적일 필요 없이 단순히 그 말이 그 말을 해야겠다는 의지 없이도 자연스럽게 흘러나올 때 말해 주고 싶었는데 응우옛은, 어느 날처럼 함께 침대에 누워 응우옛의 얼굴을 한 번 보지 않고 응우옛이 건네는 말에 건성으로 대꾸하다 혼자 잠에 든 비키의 방에서 떠나 돌아오지 않았다.

맥신 터노 렌탈 서비스 프로그램에 바이크를 반납하고서 보증으로 걸어 둔 꿈의 이미지 절반을 돌려받은 비키는 반 토막 난 눈송이를 눈코입이 잘려 나간 얼굴로 받아 내는 원숭이들을 확인해 보며 버스 정류장에 앉아 있었다. 이 온천 근처 어딘가에 응우옛이 있지는 않은지 랜

더링된 설산을 둘러봐도 응우옛은 느껴지지 않고, 눈 쌓인 나뭇가지 아래 반듯하게 절단되어 눈코입이 있어야 할 위치에 체크무늬 평면도가 자리한 원숭이들의 온천욕을 지켜보다 보면 한 번도 본 적 없는 응우옛의 잠든 얼굴 어둔 길 어귀에서 누군가의 시선, 꿈 바깥에서 다가오는 버스 불빛.

① 인터내셔널의 밤

② 가정법

③ 모든 것은 영원했다

④ 담배와 영화

⑤ IMF 키즈의 생애

공중 도시로부터 안개를 걸치고 내려오는 자기부상 순찰대가 버스를 스캔하며 지나갈 동안, 좌석에 앉아 있는 승객들은 망막 센서를 꺼 놓고서 몰래 뇌로 책을 읽었다. 비키는 버스 맨 뒷자리에 앉아 그들의 네트워크에 접속해 그들이 서로를 위해 공유해 놓은 책들에게서 응우옛의 이름을 찾아보고 응우옛의 이름이 나타나면 다른 사람이라는 것을 잘 알면서도 한 글자 한 글자 놓치지 않기 위해 조심스레 읽었다. 정말로 응우옛이, 아니면 응우옛 주위의 누군가 응우옛에 관한 기록을 남겨 뒀다 해도 사실은 그 글을 읽고서 그 문장들이 가리키는 것이 그 응우옛일 것이라고 알아차릴 자신도 없이, 주파수 따라 망막에 맺히는 그래픽과 다를 바 없이 만질 수 없는 이미지를 간직한 문장들을 읽으면서 자고 있는 응우옛과 깨어 있는 응우옛을, 책이라는 것은 자고 있는 것인지 깨어 있는 것인지, 망막의 센서가 켜지며 비키는 뒤를 돌아보고 그리고 옆자리, 앞자리. 버스에 타 있는 모두가 버스를 잊은 버스 안에서 비키는 촉감 같은 미세한 바람이 몸 깊이 순진하게 데려온 희망과 두려움을 추스르며 버스 창에 이마 기대 눈을 감았다.

① 핏빛 눈송이

② 나이를 알 수 없는 원숭이들

③ 온천

④ 잘린 팔 모양의 나뭇가지

⑤ 폭포

카페에 갈 때도 있었어. 커피를 주문하고서 집에서 챙겨 온 그릇에 물을 따라 함께 온 강아지에게 챙겨 주는 손님들 곁에 앉아 있으면 수염 젖은 강아지들이 내 발등에 코를 묻어 보거나 별 관심 없이 정원을 돌아다니고, 멀어진 강아지들이 또 한 번 더 다가와 주길 기대하며 앉아 있었지. 늘 자전거를 바로 옆에 세워 두고 앉았어. 건너편 상점 앞에서 바캉스 떠나는 이들이 차 트렁크에 맥주 박스 실어 넣고 엎어져 카페 안으로 기어가는 아기를 엄마가 들어 올려 품에 안을 동안 도둑맞을까 기어도 브레이크도 없는 자전거를 옆에 세워 둔 채, 바람 불어오면 따가운 눈을 감아 흐릿해진 풍경으로 감은 눈 속의 먼지가 얼룩져 흘러내리게 만들며 앉아 있었지. 그러다 어느 순간 턱을 기대어 둔 손의 셔츠 소매 단추가 저절로 풀어지는 것을 눈치채면서 손목으로 흘러내리는 소매의 헤짐과 나뭇잎들 그림자들 손목시계를 초점 밖으로 희미하게 놔두면서 이때가 나의 유일한 좋은 시절이었지, 회상하게 되는 일을 두려워하며, 정확히는 피로해하며 앉아 있었지. 아무 일 없이 그저 숨 쉬는 일만으로도 미래에 타들어 가듯이 풍경 바깥으로 스스로 일그러져 나가

는 평화를 이미 너무 많이 겪어 왔기에 카페에서 우리가
침대에 앉아 함께 보았던 바다를 떠올리고 우리의 앞이
아니라 우리의 몸 위로 흐르던 바다.

① 응우옛을 따라간다.

② 응우옛을 지켜본다.

③ 뒤돌아선다.

④ 말을 건다.

⑤ 눈을 뜬다.

날갯짓 일렁이는 비키의 얼굴 곁으로 불길이 번져 오르고 창밖에서 하늘만큼 커다란 새처럼 불타들어 가는 도시를 눈에 머금던 비키는 륙색을 챙겨 버스에서 내렸다. 몇 번이고 불타 이미 오래전 이름을 잃은 거리를 또다시 불 질러 내는 공중의 정화 벌룬들 너머 비명으로 얼룩져 있는 별들의 입 모양 아래, 불타는 건물들 사이로 걸어 들어가면 건물 안에서 숨을 참아 내는 울음소리 감히 번역할 수 없는 모국어들과 섞여 들려오고, 불타며 고층에서 뛰어내리는 사람들을 지나온 불길 깊숙이에는 까맣게 불탄 이들이 길바닥에 쌓여 있어, 길거리에 나와 그들을 바라보는 사람들이 있었다.

비키는 그들 곁에 멈춰 서 그들과 함께 시신들을 마주했다. 기도 또는 아무 전언 없이 감정이 다 닳은 각자의 얼굴 끄트머리에 희미하게 고여 있는 표정을 떼어 내듯, 고개 떨궈 시신을 바라보는 이들 곁으로 곧 기병대 차림의 이들이 다가왔다. 어깨에 손을 얹거나 손을 잡아주며 기병대가 시신을 바라보고 있는 이들의 IP를 바꿔주니, 여전한 열기의 불길 속에서 까맣게 탄 시신들이 투명해지고 홀로그램이 되어 사라진 시신들의 자리 위로

불길에 닿지 않는 안전한 거리와 건물들이 나타나, 정화
벌룬은 처음부터 해킹당한 채 해방 기병대들이 심어 둔
도시가 불타던 최초의 이미지만을 인식하며 진즉에 무
너져 사라진 허공에다 불을 내뿜고, 미래의 거리에 남겨
진 이들은 더 이상 불타지 않는 거리로 여전히 들려오는
울음소리가 언제로부터 들려오는 것인지 알 수 없이 제
갈 길을 걸었다.

① 골목

② 교차로

③ 공원

④ 교각

⑤ 광장

불타는 도시의 이미지 안에서 비키는 (1, 2, 3, 4, 5 중 선택한 장소)을(를) 걸었다. 기억을 가로질러 무너져 내리는 물탱크 타워 아래 미래의 기병대원을 마주치면 그들은 고개 돌려 비키를 모른 체해 주고, 이미 몇 번이나 둘러본 거리를 다시 확인하며 비키는 몇 번이나 반복했음에도 매번 같은 강도로 밀려오는 비창감에 이를 악물면서도 그 압도적인 기분이 과거를 잠시나마 현재로 만들어 주길 바랐다. 어쩌면 오직 자기 자신만을 위해 다른 모든 이들의 슬픔을 희생시킬 수도 있다고 비키는 더 이상 비키의 것이 아닌 기억에 머무를 때마다 진심으로 비겁해지려 했으나 너무 많은 비명들 곁에서 그런 생각을 지속할 수 없었다. 4차선 대로 양옆으로 줄지어 서서 불타고 있는 가로수 사이로 불붙어 소리치며 뛰어나온 사람들이 비키의 몸을 통과해 무릎 꿇어 흩어져 버리면 비키는 늘 그랬듯 같은 시각에 주차장에 도착해 임시 수용소 주택 5층을 올려다봤다. 조그만 부엌 창 안에 숨어 있는 이들이 창밖을 훔쳐보고 있었다. 가오슝, 나고야, 하노버, 위건, 오슬로, 아유타야, 소피아, 그들과 눈을 마주하려 할수록 비키의 배경은 여러 도시로 재건축되고 창

가로부터 언제나 비키에게로 닿지 못하는 시선 속에서 비키는 계속되는 오류로 나부끼던 이미지가 결국 터져 버려 창문이 사라질 때까지 한자리에 멈춰 서서 무너진 자신의 집을 올려다봤다.

① ?? ◢◥◆ 걟걊◥

② 쥿??쥿◢◥ 갂 걟걱 !

③ ?? ◢◥◆ 걟쯧

④ ?? ㅂ 풀○ 걟쥿쩳쩞

⑤ ?? ◢◥◆ 쀞

기침 같은 빛 각진 경사 따라 흘러 내려오는 계단을 오르며 누군가 올라가고 내려가는 발소리를 기억할 수 있었다. 앞뒤로, 오른편 왼편으로 함께 올라가거나, 각자 올라가거나 내려가다 마주쳐 웃거나 반가워 놀라거나 삐져 얼굴도 쳐다보지 않고 말없이 서로를 지나가다가도 폭격 소리가 들려오면 누가 먼저랄 것도 없이 손을 잡았던 계단의 끝에서 비키는 무너져 내린 벽을 마주했다. 가장자리만이 남아 커다랗게 뚫려 있는 벽 앞으로 그들이 숨어 훔쳐보았던 거리가 내다보였다. 이렇게나 눈부셔 잠시간은 앞이 보이지 않을 햇살 속으로 걸어 들어가면 통로처럼 하나로 연결된 다른 시간, 다른 공간의 햇살 밖으로 걸어 나갈 수 있을지도 모른다고 웅우옛과 함께 상상했던 골목에는 햇빛 대신 공중 도시가 설계한 광원 그래픽이 난민들을 추적하고 있었다. 계단의 끝에서 벽 너머 잡힐 것 없는 허공에 비키가 손을 넣고 손잡이를 돌려 5층 높이의 허공으로 발을 떼어 들여놓자, 무너진 벽 너머로 비어 있던 거리의 허공이 장막처럼 주름지고 비키는 사라졌다.

집에 도착할 때까지 네가 이 상자를 지니고 있을 동안 상자가 너의 뇌와 페어링될 거야. 운이 좋다면 네가 모르는 사이 너의 의식과 동기화된 웅우옛의 기억을 볼 수 있을지도 모르지. 엘레노어의 말을 떠올리며 비키는 흐릿한 사물들 가운데 서 있었다. 바닥에 내려 둔 륙색을 열어 상자를 꺼내 들고 서서 비키는 이미지를 잃어 가는 방의 가운데 서 있었다. 어디선지 모르게, 이 비어 가는 집에서 유일하게 망각의 힘보다 강한 냉기가 비키의 몸을 훑고 지나갈 때마다 비키는 몸에 일은 소름에 귀 기울이며 추위를 바라봤다. 새벽녘 박물관 복도의 깊은 어둠 속으로 사라졌다 등 뒤에서 나타나 비키를 놀래던 웅우옛처럼 그 차가움은 가장 선명한 숨소리 같았으므로 비키는 보이지 않지만 거의 분명하게 자신을 지나가고 있는 이에게 말을 걸고 싶었다. 자신이 느껴지는지. 언제에 있는지. 그곳의 이곳에는 무엇이 있는지. 거기에는 어떤 미래와 과거가 있는지. 무엇보다 그곳에서는 현재가 가능한지. 한쪽 벽의 끝에서 반대편 끝까지가 한눈에 다 보이는 작은 방 안에서 숨결은 소름과 함께 사라지고 비키는 상자를

① 연다.

「픽」재수록 텍스트 출처

57쪽:『그게 어떤지/ 영상』

(사무엘 베케트 저, 전승화 역, 워크룸프레스, 2020)

66쪽 1번:「나방, 평행」,『프리즘』(문학동네, 2015)

68쪽 2번:「벨보이의 햄버거에 손대지 마라」,『프리즘』

70쪽 3번:「펫 시티」(경기문화재단 연재)

72쪽 4번:「객잔」,『프리즘』

73쪽 5번:「Time after Time」(웹진《문학3》연재)

84쪽 1번:「그곳으로 이곳이」,『warp』(워크룸프레스, 2017)

86쪽 2번:「프리즘」,『프리즘』

89쪽 3번:『두 사람이 걸어가』(문학과지성사, 2020)

91쪽 4번:「Wow! Unbelievable!」(《더멀리》)

93쪽 5번:「그곳으로 이곳이」,『warp』

103쪽 1번:「추리추리하지 마 걸」,『프리즘』

106쪽 2번:「추리추리하지 마 걸」,『프리즘』

108쪽 3번:「그곳으로 이곳이」,『warp』

110쪽 4번:「프리즘」,『프리즘』

129~132쪽 그림 ⓒ람한

총칼이 못생긴 니트 조끼를 입은 탐정

찢어지는 물기. 니마는 눈물을 닦았다. 쳄발로 음계처럼 떨어져 내리는 은행잎들 햇빛을 과장하며 이민자 거리 깊이로부터 낙엽이 밀려오는 케밥 가게 야외 테이블에 니마가 혼자 앉아 있었다. 한입도 대지 못한 치킨버거 옆으로 의지가지없는 청소년들이 전동 킥보드를 타고 지나가고. 요 요 요. 카운터에서 팔라펠과 차이를 받아 온 딜러 두 명이 니마 뒷 테이블에 앉아 떠들기 시작했다. "흰둥아 어제 내가 누굴 만났는지 알아?" "내가 어떻게 알아 씹새야" 차이로 입을 헹군 그들은 팔라펠 접시 위에 암페타민을 뿌리곤 코로 빨아 들이켰다. "3시였나 4시였나 밤새 오데사에서 아버지와 로데오를 구경하고 있는데 누가 초인종을 누르는 거야 난 제이데커일 거라고 생각했지 그 또라이가 아니면 그 시간에 어떤 미친 새끼가 초인종을 누르겠어? 동기화하고 있던 로데오 기억도 지겹고 약을 주면 또 다른 과거를 받을 수 있을지도 모르니 우리 미래 형사님 비위나 맞춰 드려야겠다 싶어서 문을 열었는데 현관에는 아무도 없더라고 그냥 내가 잘못 들었나 싶었지 현관 센서에 불도 안 들어와 있었으니까 그래서 문을 닫고 다시 기억을 동기화하려는데 이번엔 휴대폰 벨 소리가 울리는 거야 나는 바지에서 아이폰을 꺼내 확인했지 내 아이폰에는 아무 전화도 걸려오지 않았어 계속 이어지는 벨 소리가 과거에서 들려오고 있다는 걸 깨닫고서, 내가 다시 관자놀이에 칩을 붙이니 벨 소리가 뚝 끊기더라고 그때부터 소름이 끼쳤지 그과거의 시대에는 휴대폰이 없었고 벨 소리가 끊긴 동시에 여보세요라며 내 등 뒤의 화장실에서 어떤 남자가 통화하는 목소리가 들려왔거든 나 말곤 아무도 없어야 할 내 집 내 화장실에서 모르는 남자의 목소리가 들려오고

있는데 존나 도저히 움직일 용기가 안 나더라고" 울음의
꼬리처럼 붉게 물든 눈가에 맺혀 있는 눈물을 마저 닦고
서 니마는 고개 숙여 빨대로 콜라를 빨아 마셨다. "그렇
게 내가 꼼짝도 못하고 있자 내 집의 화장실 문이 열리고
그 안에서 브라이언 맥나잇이 걸어 나온 거야" 잇몸 구석
구석 발라 둔 암페타민 때문에 딜러들의 발음이 점점 뭉
개졌다. "알몸의 브라이언 맥나잇이 한 발자국 한 발자
국 나에게 걸어왔어 난 내 어린 시절로 돌아가 경기장에
서 아버지와 로데오를 구경하고 있는데 어떻게 지금 우
리 집 화장실이 보이는 건지 오줌을 지리며 칩을 떼 버
리고 고개를 여기저기 돌려 봤지만 아무리 돌려 봐도 그
기다란 형광등 같은 걸 출렁거리며 알몸의 브라이언 맥
나잇은 어디에서나 내 정면으로 걸어왔어" "브라이언 존
나 누구라고?" "브라이언 맥나잇 몰라?" 떠들던 딜러가
말을 멈추곤, 잠시 심호흡했다. 그리고는 브라이언 맥나
잇의 노래 한 소절을 불렀는데 마비되어 살짝 비틀린 그
의 입술 밖으로 흘러나오는 목소리가 어찌나 감미로운
지 석양이 설탕 가루처럼 번져 왔고 탠저린 향기를 터트
리며 온 자리의 그림자를 길게 빼내 사물들의 존재를 다

독였다. 낙엽 아래 숨어 있던 아기 참새들이 날아와 그의 어깨에 내려앉아 노랫말에 귀 기울였고, 그릴에서 칼로 얇게 잘라 낸 양고기 조각들이 하나하나 모여들더니 하얀 양으로 환생하는 그래픽에 휩싸인 케밥 가게 주인 록만은 감자튀김에 케첩을 묻혀 쟁반에 시를 적었다.

바나나무가 열린 공터에서

야구를 치던 아이들은 낡은 수첩을 줍는다

아이들은 아이들의 미래가 적혀 있는 수첩을 읽고 순식간에

다 살아 버리고

아이들의 부모들이 아이들을 데리러 온다 우리들의

부모들이 가여운 아이들은 승용차 안에서 생애보다 긴 눈물을 흘리고 아픔 없이 부모들이 자살하길 바라는 아이들이 차에서 내려 부모들의 손을 잡아 주며 크리스마스에

받고 싶은 선물이 무엇인지 물으니

부모들이 주저앉아

두 손으로 얼굴을 삼키며

흐느낀다 마치

투명한 덮개로 덮어진
케이크
케이크 가게 진열대에 비친
흘러내리는 표면의
몇 초

　눈물로 가득 찬 코를 풀고 니마는 휴지를 살폈다. 소리 내 콜라를 빨면서 양상추 눅눅한 치킨버거도 까먹으면서 슬슬 떠날 채비하는 딜러들의 기척을 느끼며 휴대용 휴지 봉투 한가운데 적힌 휴지 회사 이름을 읽었다. Floralys. 보랏빛 그물이 되어 떨려 오는 어둠 아래 눈알이 탱글탱글해진 딜러들이 새하얀 불빛으로 각성되어 가는 거리를 향해 떠나가자, 중고차 안에 숨어 공간을 해킹하고 있던 본사의 추적자들이 케밥 가게 코너를 돌아 미래로 돌아갔다. Floralys. 장미색 새틴 커튼 사이로 눈부신 해변이 펼쳐지고 있었다. 얇게 휘어지는 빛의 곡선들 이름 모를 꽃이 담긴 유리 꽃병이 커튼 앞에 놓여 있던 창가를 떠올리며 니마는 그곳이 언제 어디였는지 기억하지 못했다. 카불, 우르미아, 이스탄불, 로도스, 아다세비치, 함부르크 너무 많은 도시로부터 기억만큼 정체 없는 바람이 몰려오고 Floralys, 니마는 자리에서 일어나 헤드폰을 꼈다.

루카스 학인 윤, 동양인은 중국계 아니면 일본계로만 생각할 줄 아는 딜러들이 제이데커라 약칭하는 북한계 형사는 한 달 전에 실종됐다. 뛰어난 수사관이었으나 과거로 파견된 그가 약물 중독자가 된 사실을 알고 있는 동료 형사들은 정식 수사 도중 그간 그의 데이터들이 전부 공개돼, 팀 전체가 내부 감사를 받게 될까 니마를 찾아와 조사를 의뢰했다. 그들은 기억 동기화 칩을 과거의 약물과 교환하던 루카스가 이미 약쟁이들에게 살해당했거나 약에 취한 채 시간 이동 중 세포 단위로 찢겼을 거라 여기고 있었다. 그러니까 부패한 동료들이 정확히는 루카스의 죽음, 먼저 발견하는 이에 의해 영원히 함구될 수 있는 기억의 데이터를 본사의 추적자들보다 앞서 찾고 싶어 한다는 것을 잘 알고 있는 니마는, 어반아웃피터스 매장 피팅 룸 안에서 거울을 바라보고 있었다.

10대들이 장난으로 사서 입다 반품한 못생긴 니트 조끼를 껴입고서 눈빛도 돈도 없는 이가 헤드폰을 끼고 서 있었다. 거기 염병 무슨 문제가 있는지 피팅룸 밖에서 아르바이트생이 묻자 니마는 가격표 덜렁거리는 니트를 껴입은 채 피팅 룸을 나와 돌아다녔다. 시즌 오프 세일을 맞아 지하에 모여든 온갖 젊은이들이 좆같이 못생긴 니트 조끼로도 봉인되지 않는 니마의 우울한 기운을 튕겨내며 그들의 시끄러운 기분을 유지했고 니마가 그 우울함만이 그에게서 그의 존재를 허락해 준다는 듯이 그런 감정에서 빠져나오지 않을 동안 한 남자아이가 말을 건네어 왔다. "여기선 도청당하지 않겠죠?" 니마는 헤드폰을 벗고 레이싱 팀 재킷을 입은 남자아이와 매장을 걸었다. "알잖아요 그들은 서로 서로의 반려견처럼 사랑했어요" 남자아이 즈엉은 미술관 거리의 딜러이자 루카스의 정보원이었다. "그러다 남자 친구가 루카스가 가져온 기억 동기화 칩의 부작용으로 아기처럼 옹알이만 하게 되자, 루카스는 더 약물에 의존하게 되었죠 딜러들의 무전기에 매일매일 제이데커를 욕하는 소리가 들려왔어요"

'그 새끼가 또 나타났다' '개새끼 제이데커가 또 다 털어 갔다' '누구든 저 새끼가 갖고 있는 칩들을 훔쳐 오면 내 플스를 주겠어' 청바지 몇 개를 골라 자기 허리에 갖다 대어 보며 즈엉은 "내가 그를 직접 본 건 두 달이 조금 넘어요 새벽에 우리 집에 찾아온 그에게 더 이상 도와줄 수 있는 게 없다고 말하니 그는 마지막 부탁이라며 찾아야 할 사람이 있다 말했어요 근데 그 니트 입고 어디 갓난아기 생일 파티라도 가세요?" 빈티지 청바지를 계산한 즈엉과 함께 거리로 나온 니마의 눈앞에서 건물 하나가 폭파되며 무너져 내렸다. 이명으로 갈라지는 거리, 뛰쳐나온 사람들의 두 발이 땅에서 떠오르고 비명보다 높이 하늘을 채운 아스팔트 빛깔 불길 뒤로 또 다른 포탄들이 한낮의 가시광선을 통과하여 날아와, 발이 다시 땅에 닿기 전에 온몸을 잃어버리는 사람들. 잿빛에 휩싸인 채 살이 타오르는 냄새처럼 번져 오른 불빛들이 미끄러지듯 가까이 다가오며 폭스바겐, 토요타가 되어 니마를 지나가고 "괜찮아요?" 물안개 낀 가로등과 2층, 3층 창 하나하나마다 넘치도록 주홍 불빛 흘러내리는 어반아웃피터스 매장 앞에서 좆같이 못생긴 니트 조끼를 껴입은 니마가 무릎 꿇고 앉아 토사물을 쏟아 냈다.

　민트 색상의 이어컵 울트라손 시그니처 DXP. 스카치 테이프로 칭칭 감긴 헤드폰에서 크라우트록 재생됐다. 노조 파업에 의해 운행 중단된 전철역에서 돌아나와 억지로 버스에 탄 이들이 한데 끼어 내쉬는 가쁜 숨에 차창 밖으로 흐려지는 시간들, 기울어진 얼굴들 사이에서, 니마는 또 자기 의지와 상관없이 몸이 다른 곳으로 업데이트되지 않게 하기 위해, 소리 내 음악을 따라 흥얼거렸고, 처음 출발할 때부터 비어 있었으나 음치로 모자라 드럼에 맞춰 주먹 쥔 손까지 흔들어 대는 니마의 옆자리에 아무도 앉지 않았다. '루카스가 찾고자 하는 사람은 미래에서 추방당한 난민이었어요. 루카스의 말에 따르면 미래에 남아 있는 난민의 연인이 기병대에서 꽤나 영향력이 있기 때문에 본사에서 그를 이용해 기병대를 압박하고 싶어 한다 했죠. 하지만 루카스는 모르겠어요 방금 잃어버린 사랑의 빈자리를 사명감으로 채우고자 하는 건지 연인을 잃은 이들끼리의 동질감 때문인지 본사 몰래 그를 찾아내 본사로부터 도망치게 해 주고 싶어 했죠.'

시장바구니를 품에 안고서 잠든 노인과 맨 뒷좌석에 눕다시피 앉아 패딩을 흘리며 낙서처럼 키스하는 커플만 버스에 남아 있을 때. 배터리 다 닳은 헤드폰이 꺼지고 버스 문밖으로 내린 니마는 협곡에 서 있었다. 희망의 전염병처럼 멀리 얼룩져 오는 은하수 아래 눈 쌓인 산길을 앞서 걸어가는 이들이 비틀거리며 멀어져 갔다. 어디로 가는지 모르게 눈 밟는 니마의 발자국 소리가 숲을 흔들고 나무의 눈을 털어 내며 니마에게로 돌아올 때마다 니마는 내장까지 울려 퍼지는 소리의 여백에 자신의 영혼은 이미 오래전에 흩어졌고 단지 육체라는 이미지가 세계를 반복하고 있다고 생각했다. 눈길에 쓰러져 누워 구멍 난 신발을 양손으로 틀어막거나 부르튼 입술로 뭐라 속삭이는 이들을 보살필 기력 없이 니마가 덜덜 떨며 앞선 행렬을 따라 걸을 동안 사람들의 귓등 위로 잔인하게 내려앉는 눈송이들에서 웅얼거림이 들려왔다. 천천히 이마 위로 떨어져 내리는 웅얼거림을 집중하여 바라볼수록 눈의 예리한 결정이 확대되고 파랗고 차가운 다이아몬드 형태의 불빛들 얼굴 위로 맺혀 와 래퍼 차림의 남자들이 랩 틀어 놓은 금은방 거리가 펼쳐졌다.

세르칸이 루카스가 살펴보고 간 장물 기록을 가져다
줬지만 니마는 가게 구석으로 기어 들어가 콘센트에다
충전기를 연결해 헤드폰 엠프를 충전했다. 방금 이가 부
딪치도록 온몸을 덜덜거리며 들어온 니마를 약쟁이로
착각해 걸레 빤 물을 끼얹었던 세르칸의 아들 티모가 니
마에게 수건을 들고 다가와 사과했다. "미래에서 온 물
건은 전부 다 조사해 갔어" 티모가 륙색을 꺼내와 점퍼,
운동화나 안경, 수첩, 반지 등을 쏟아 냈고, 세르칸이 손
짓하자 티모는 입고 있던 축구 유니폼과 손목시계도 벗
어 니마에게 넘겨줬다. "루카스도 가장 먼저 그 손목시계
의 데이터를 읽었지" 니마가 손목시계를 가져가자 세르
칸이 말했다. "그 시계를 가져온 사람이 누구였는지 확실
히 기억하고 있어 새벽에 자전거를 타고 왔는데" 니마는
손목시계를 찬 우리 티모가 친구들과 술에 취해 지하철
에서 큰소리로 떠들고 시비를 걸다 어느 여성에게 얻어
터지는 데이터를 읽고 있었다. 두 번의 무릎 차기로 코뼈
와 안와가 부서져 두 손으로 뼛조각과 코피를 받으며 티
모가 지하철 구석에 쭈그려 앉아 엉엉 울고 있었다. 이어
여자 친구에게 청혼하기 위해 장물로 들어온 구형 페라

리를 타고 고속도로를 드라이브하다 순찰대에 걸려 차를 압수당한 뒤, 나란히 경찰차 뒷좌석에 앉아 헤어지지 말아 달라 빌고 있는 데이터까지 보고 나자 "문제는 그 사람이 손목시계를 판 게 벌써 15년 전이라는 거야" 자전거를 타고 있는 사람이 보였다. 자전거를 처음 배운 사람처럼 자전거 위에서 살고 있는 듯이 하루 종일 자전거에 타 있는 사람이 매일매일 이 도시의 온갖 곳을 돌아다니고 있었다. 투명한, 극도로 투명하고 섬세해 몇 겹인지 모를 시간의 장막들이 맺혀 있는 눈동자로 혼자 풍경을 뚫고 나갈 적마다 얼굴을 감싸 오는 햇빛과 종소리를 계속 뒤로 흘려내며 자전거를 타는 사람이 있었다. "미래에서 온 사람들은 여기서 급속도로 늙어 죽는다는데 구라죠?" 똥내 나는 아가리로 티모가 물었다.

깨진 약병, 주사기들 밟으며 가로등도 인적도 없는 공원을 돌아다니던 니마는 외곽에 버려진 차 안에서 색소폰을 불고 있는 노숙자를 발견했다. 어둠과 새똥에 파묻힌 자동차 문을 열고 니마가 조수석에 앉자, 그들이 탄 차는 빈 풍경을 달리고 있었다. 헤드라이트같이 떠나가는 색소폰 소리가, 곧 차창 앞으로 자전거 탄 사람의 윤곽을 잡아내고 이제 그들은 자전거 탄 사람의 뒷모습 주위로 색칠되듯 나타나는 도시를 주행했다. 강가와 철교와 꽃시장과 호수와 시내와 박물관과 낡은 벽들의 색깔들 잿빛들 햇빛들 양식들 창문들 지나 온갖 길을 돌아다니는 자전거를 탄 사람이 순간순간 거리와 함께 찢어지면 그들은 차를 멈췄다. 찢어진 데이터의 틈새, 아무것도 남지 않은 풍경에 머물며 그들은 자전거를 탄 사람과 자전거 탄 사람을 포함해 송두리째 이 부분의 데이터를 도려낸 누군가의 흔적을 살폈다. 색소폰 연주가 허공에 흡수되어 아무 소리도 들려오지 않았다. 그들은 공허에 도취되어 갔다. 누군가의 혹은 자기 스스로의 공허 안에서 니마는 자신이 살아 있다고 느꼈다. 삭제된 시간의 주차장에 앉아 이토록 편안한 살아 있음을 지속하고 싶었다. 영원히 이렇게 죽음으로 살아 있고 싶었다. 다시 파로아의 색소폰 소리가 희미하게 들려왔다. 소리만큼 희미한 헤드라이트 불빛이 차창 앞의 바닥을 비추고, 눈이 얇게 쌓여 있는 길바닥이 보였다. 얇게 쌓인 눈길 위에 자전거 바퀴 자국이 길게 이어졌다. 아주 긴 울음처럼 바로 그런 표정처럼 어둠을 깨트리며 하얗게 서리는 콧김 갈기 성스러운 말 두 마리가 마차를 이끌고 지나갔다. 크리스마스 장식을 해 놓은 인디아 레스토랑에 앉아, 니마는 몇 세기 전인지 지금인지 언제인지 알 수 없는 창밖을 바라봤다. 메뉴판을 들고 온 종업원이 니마의 찻잔에 차 따라 주며 니트 조끼에 아직도 매달려 있는 가격표를 힐끔거리고 '그들은 서로 서로의 반려견처럼 사랑했어요' 니마의 창밖에 해변이 정지되어 있었다. 눈부신 창밖으로 해변이 멈춰 있는 방 안에 비굴한 고요가 흘렀다. 한 달간 산길을 걸어 국경을 넘어온 이들이 그들의 여권을 가지고 떠난 브로커를 기다리고 있었다. 눈을 뜨고 잠에 든 이들이 이제 그들이 고향에 남겨 두고 온 가족을 방문하려 하고 있었다. 그들 개개인의 인격을 초월한 슬픔이 그들의 눈가에 내려앉고 있었다. 그렇게 감긴 눈을 다시 뜰 때마다 장소가 바뀌고 사람들이 줄어들었다. 터번을 쓰고 식당의 가라오케 무대에 오른 한 남자가 프리스타일 랩을 지껄이기 시작했다. 장모님을 가리키며 장모님의 이름을 호명한 뒤 이름과 라임을 맞춰 이어 나가는데 사실상 랩도 헌사도 아닌 그냥 박자가 억지로 있는 개소리에 불과해서 또 다른 테이블의 손님은 먹던 난을 잘라 자기 귓속을 틀어막았다.

크리스마스 화환이 걸린 레스토랑 문이 열리고 기저귀를 찬 성인 남성이 엄지손가락을 빨며 어머니로 보이는 여성과 함께 들어왔다. 남자가 어머니의 도움을 받아 테이블에 앉아 턱받이 두를 동안, 미래에서 골목으로 들어온 중고차 안에는 본사의 추적자들이 루카스의 남자 친구를 감시하고 있었다. 멈춰 있는 해변. 고개 돌리는 대신 창에 비친 루카스의 남자 친구와 어머니를 지켜보며 니마는 손가락으로 테이블을 두드렸다. 커리 담긴 램프와 탄두리 치킨이 루카스 남자 친구 앞에 도착하고 한 손으로 이마를 짚고 기도하던 어머니가 탄두리를 짚어 고기를 찢어 주고 귓속에 난을 집어넣었던 손님이 자리에서 일어나 여전히 가라오케 무대에서 랩을 지껄이고 있는 이에게 접시를 집어던지자 멈춰 있는 해변. 멈춰 있는 해변 앞에 멈춰 있는 꽃병. 루카스 남자 친구의 기저귀가 노랗게 물들며 비명에 가까운 울음이 터졌다.

여기저기 삭제된 손목시계의 데이터를 소리의 파형

으로 복원한 니마는 지워진 데이터와 루카스 남자 친구의 울음소리 파형이 동일하다는 걸 알아챘다. 루카스의 남자 친구는 기억 동기화 칩의 부작용으로 아기가 된 것이 아니라 누군가 그에게 업데이트해 놓은 데이터에 봉인되어 있었다. 찾는 이를 본사로부터 숨겨 주는 동시에 본사로부터 반드시 목표물이 될 자신의 남자 친구를 지키기 위해 루카스가 선택한 영리한 수단이었다. 인디아 레스토랑에서 루카스 남자 친구의 울음소리를 녹음한 니마가 이제 반대로 울음소리를 이미지 데이터로 변환하자, 자전거 타던 사람이 아이를 돌보고 있는 이미지가 나타났다. 먼지 하나씩 하나씩 그림처럼 부드러운 허공에 붙잡아 놓으며 빈티지 가구들 사이로 볕이 넘실거려 오는 마루에서 뛰어놀던 아이가 넘어지고, 자전거를 타던 사람이 카펫 바닥에서 일어나 허리 숙여 아이를 들어 안아 주고 있었다. 아이를 품에 안고 제자리에서 가볍게 춤추며 아이의 부모가 올 때까지 아이의 귓가에 입술을 대어 속삭임을 나누는 이 데이터를 찾아낸 루카스는 이 사람을 본사로부터 지켜내야 한다고 생각했을 것이다. 주름 깊이 햇빛이 배인 커튼 앞에서 아이의 볼에 코

를 파묻고 아이에게서 풍겨 오는 향기로도 붙잡을 수 없
이 지나가 버리는 창밖의 시간을 지켜보는 이를 위해, 할
수 있는 모든 속임수를 동원해서 자신의 연인까지도 이
용해 가면서 당장 자신이 사랑에 빠져 있고 그 일의 가치
를 과신하고 있기 때문에 맞죠?

울고 싶으나 울지 못하는 이들이 러닝하며 즈엉과 니
마를 스쳐 갔다. 안개 낀 고가교에 서서 그들은 건너편의
건물들을 지켜보고 있었다. 15년 전 아이가 뛰어놀던 방
안에서 커튼이 휘날리고 있었다. 이제 열다섯 살을 더 먹
은 아이와 아이보다 다섯 배는 빠른 노화 속에서 이미 늙
어 죽었을지도 모를 이를 생각하며 루카스가 이곳에 서
있었을 것이다. 즈엉은 루카스를 살해한 게 자신이 맞다
고 인정했다. "그는 내가 본 적 없이 뛰어난 형사였어요
본사가 추적할 수 없도록 모든 정보를 조작한 뒤, 나를
찾아와 베이비시터가 어디에 있는지 묻더군요 자신이
지켜 주겠다고 말이에요" 하지만 뛰어난 만큼 공허에 시
달리고 있음도 알 수 있었다. "내 생각에 그건 거의 필연
적이에요" 사건을 해결해 낼수록 오히려 더 거대해지는

공허에 삼켜진 얼굴로, 금방이라도 두 눈깔로 공허의 토사물을 쏟아 낼 거 같은 눈빛으로 베이비시터의 정보를 캐는 루카스에게 즈엉은 "너무 어릴 때라 기억이 안 나지만, 교통사고로 죽었다는 이야기를 들은 적 있다고 했죠." 타고난 형사 루카스가 즈엉의 거짓말을 바로 눈치채며 또 그만큼의 속도로 들이닥쳐 오는 환멸감에 잠시 눈을 감은 순간, 즈엉은 재빨리 루카스에게 그의 공허를 달래 줄 약물들을 소개해 주었다. "그가 마지막으로 날 찾아왔을 때는 완전히 맛이 가 있었어요 입고 있던 옷을 다 벗고는 자기가 가진 것을 죄다 줄 테니 펜타닐 좀 가져다 달라 애원했죠." 그날, 즈엉은 조용히 루카스를 안아 줬다. 그리고 옷을 다시 입혀 준 뒤 두 손 가득 펜타닐을 쥐여 줬다. "물론 그분을 지켜 내겠다는 루카스의 말은 진심이었을 거라 생각해요 하지만 그래서 더 위험했죠." 즈엉의 얼굴 위로 새까만 물결이 겹쳐 흐르고 하얀 커튼이 휘날렸다. 그렇게 커튼을 계속 바라보면, 그토록 투명한 창 안의 커튼을 올려다보는 니마가 보트에 타 있었다. 보트에 구멍을 내고 엔진까지 빼 간 해안 경비대가 달빛을 가르며 멀어져 갔다. 함께 탄 이들이 모국어로 욕설과 기도 섞으며 발목까지 차오른 물을 퍼내고 있었다. 눈부신 창밖으로 바라보던 바다에서 니마는 꽃병을 앞질러 빈 방에 차오르는 물결에 잠겨 갔다. "결국 루카스가 가장 사랑한 건 그 자신의 재능이었으니까요"

노조 파업 중인 전철 차량 기지에 들어간 형사들은 니마가 알려 준 대로 전철들 밑으로 기어들어가, 눈코입부터 발가락까지 뜯겨 전철 아래 달라붙어 있는 루카스의 시신을 찾아냈다. 이어 터널들을 수색하며, 약에 취해 철로에 잠든 채 절반이 뜯겨 나간 루카스의 나머지 시신까지 찾아냈지만 데이터는 비어 있었다. 못생긴 니트 조끼를 껴입은 니마는 케밥 가게 야외 테이블에 앉아 있었다. '나는 어릴 때 그분이 내게 들려줬던 미래의 이야기를 전부 기억하고 있어요' 낙엽들이 쌓여 있던 자리에 빗물이 흐르고 요 요 요. 카운터에서 팔라펠과 차이를 받아 온 딜러 두 명이 니마 뒤에서 떠들기 시작했다. "내가 어제 누굴 만났는지 알아?" "알 켈리?" 차이로 입을 헹군 그들은 팔라펠 접시 위에 마요네즈를 뿌리곤 감자튀김을 찍어 먹었다. "내 여동생을 만났어 나는 어머니의 손

을 잡고 감리교회 안에 서 있었지 저기 강단에서는 레일
라 이모와 샤니스 이모가 성가대와 함께 춤추며 노래 불
렀어 내가 자꾸 아버지를 올려다보니 아버지가 웃으며
품에 안고 있던 티티를 나에게 안겨 줬지 그날은 비가 와
서 해가 없었는데 티티의 얼굴 위로 새하얀 빛이 떨어지
고 있었어 내 두 팔 안에 들려 있는 티티의 작은 얼굴이
내 눈빛에 닳아 버릴까 무서웠어" 말을 멈추고 흐느끼는
딜러에게 "친구" 동료가 말했다. "넌 백인이야" 치킨버거
를 다 먹은 니마는 빨대로 콜라를 빨며 휴지 봉투를 살폈
다. Floralys. '그런데 가끔 그 미래에 영영 내가 도착할 수
없을 거란 기분이 들어요' 니마가 휴지 봉투에 적힌 휴지
회사 번호로 전화 걸었다. 세기말에 유행했던 하우스 음
악을 배경으로 가짜 파도 소리 들려오고 자몽 빛깔로 물
들어 가는 하늘과 야자수 잎사귀, 줄무늬 파라솔과 칵테
일. 아무도 받지 않는 수화기 너머 해변에 니마가 혼자
서 있었다.

으웠은 미래에서 왔다

비키는 그곳에 남아 있다.

응우옛은 계단을 걸어 내려오고 있다. 누워 있는 비키의 오른쪽 눈을 마주 내려다보는 응우옛의 오른쪽 눈 침대에서 비스듬히 이마를 닿을 듯이 맞대어 깜빡일 때마다 서로의 눈꺼풀이 스치는 소리를 들으면서 흘러내리는 얇은 머리칼 사이 긴 눈꺼풀 물기가 옅게 도는 눈 한가운데 말소리와 함께 커졌다 줄어드는 비키의 갈색 눈동자 퍼져 나가는 물소리 응우옛은 계단을 걸어 내려오고 있다. 비키의 매끄러운 오른쪽 눈과 콧잔등이 눈썹을 찡그리는 습관마다 주름지고 가느다란 눈꼬리 곁 갈색 눈동자 낮게 뻗은 코 비린 입 냄새 다리를 엇갈려 얇게 겹쳐 둔 살의 온기를 느끼면서 콧잔등, 귀, 입술, 다시 눈 어지러운 응우옛은 계단을 걸어 내려오고 있다. 정리되지 않은 눈썹의 잔털 아래 비키의 갈색 눈동자가 미끄러지며 오른쪽으로 향하고 말소리와 실핏줄이 붉게 얽혀 가는 흰자 위로 웃음에 반쯤 가려지는 응우옛은 가로등 아래를 걸어 내려오고 있다. 숨죽은 베개에 흐트러진 머리칼 비키가 눈을 깜빡이면 감긴 눈이 정지시켜 놓은 시간 눈꺼풀이 열릴 적마다 홍채의 무늬로 퍼져 오르고 하품 뒤로 맺히는 눈물처럼 응우옛은 가로등 아래를 걸어 내려오고 있다. 미끄러지듯이 기다란 눈꼬리 지나 피부 위로 그려지는 비키의 눈물 자국 옆머리와 귓가를 적시고서 눈물방울 갈색의 눈동자에서 흘러나온 응우옛은 가로등 아래를 걸어 내려오고 있다. 콧잔등, 귓가의 솜털, 상처 난 윗입술, 서서히 졸음이 내려앉는 초점 감싸 안은 눈꺼풀이 젖은 채로 살랑이며 웃음만큼 가벼운 흥얼거림 들려오고 속삭이는 높낮이로 응우옛은 빗속을 걸어 내려오고 있다. 알아들을 수 없이도 부드러운 노랫말 사이 고요한 빛깔 묻은 무당벌레 비키의 이마를 기어오르고 무당벌레 주위에 별자리처럼 흩어진 몇 개의 점 여드름 흉터 노래가 멈추면 벌어진 비키의 입술과 혀 가운데 회오리 돌며 사라지고 있는 말 또는 음계 속에서 응우옛은 빗속을 걸어 내려오고 있다. 매끈한 갈색의 눈동자는 잠잠 입술부터 그어진 상처 턱밑까지 길게 쇄골로 이어지는 하얀색 홑겹 이불 밖으로 맨살의 어깨가 버려지듯 물어본 이 없어 알려지지 않은 비키의 작고 여린 멍자국들 사이로 응우옛은 빗속을 걸어 내려오고 있다. 허벅지 때때로 종아리와 가슴으로 울렁이는 움직임 서로의 살이 쓸릴 때마다 머리카락 끝까지 온기가 밀려오고 비키의 오른쪽 눈보다 조금 더 크고 처진 왼쪽 눈가에 약간의 그늘이 오른쪽 얼굴과는 다르게 보이게끔 왼쪽 얼굴 가느다란 턱선과 광대 살짝 감긴 비키의 왼쪽 눈동자를 처음 바라보듯이 응우옛은 빗속을 걸어 내려오고 있다. 매일 그래 왔듯이 몸을 포갠 채 흘러내린 비키의 머리칼을 들추어 비키의 갈색 눈동자를 마주하며 응우옛은 갈색의 눈동자 어느 곳에도 응우옛이 없다는 걸 인정하면서 비키의 입장만이 가득한 갈색의 눈동자 속에 비친 응우옛의 얼굴 갈색의 눈동자에 비친 응우옛의 표정 갈색의 눈동자 속에서 응우옛은 빗속을 걸어 내려오고 있다.

팔 들어 손목시계를 확인하고 거기 녹슨 철창 새로 녹색 풀빛이 번져 오는 중정의 문을 열면 작은 뜰이 나타나는데 왜인지 언제나 검게 젖어 있는 나무 아래 자전거들이 묶여 있었어. 가방 앞주머니에서 열쇠와 라이터를 꺼내 자전거 끌고 나오며 담배에 불을 붙이고 이어폰 고쳐 끼며 자전거에 올라탄 응우옛은 페달을 밟아 갔다. 그날들을 기억할 수 있었다. 페달이 헐거워질수록 매끄럽게 흩어지던 공동주택단지의 벽돌 색깔까지. 키오스크를 지나쳐 술집 하나를 끼고서 코너를 돌면 꼬마 애들이 알코올중독자 노인을 놀리고 도망 다니는 긴 공터가 이어지고, 탁구대와 낮은 벽담이 성의 없이 늘어진 공터의 끄트머리에는 오직 나만이 알고 있는 샛길이 있었지. 빛이 잘게 부서지는 좁은 수풀 사이를 헤쳐 나와, 이제 오른편 이마 위로부터 한꺼번에 무너지는 햇살을 받으며 페달을 밟는 응우옛 앞으로 몇 마리 참새들이 날아가고 참새들이 지나가고서 계단참, 또는 담장에 모여 앉아 있던 또 다른 참새들이 자전거 탄 응우옛의 앞으로 부딪칠 듯 말 듯 가까이 날아가고 그때도 참새가 많다고 생각했어. 매번 참새들이 자전거 앞으로 날아갈 때마다 응우옛은 무늬처럼 샛길의 수풀 속으로 가련하게 드리우던 빛의 무늬처럼 소행성이라기보다는 별들이랄지 작은 날갯짓의 여러 모양들로 오망성의 궤적을 그려 내는 참새들을 보며 지금 자전거를 타고 있고 지금 눈앞에 참새가 있고 여기저기 참새가 정말 많다고 생각했다.

응우옛은 새벽 꽃시장이 쉬는 날에는 레스토랑에서 일했는데 가끔 홀에 나가기도 했지만 보통 주방에 틀어박혀 있었다. 여러 아시아어로 오가는 대화를 들으면서 양파와 호박을 자르고 마늘과 고춧가루를 볶아 낸 웍에 코코아밀크를 아낌없이 부어 넣을 때면 깊게 패인 웍의 스냅을 타고 얼굴 잔뜩 터져 오는 향기에 웃음을 참을 수 없어 처음에 그 향을 맡았을 때 그건 거의 몇 년간의 기쁨을 몽땅 응축해 놓은 것과 같았어. 하나씩 하나씩 응우옛은 설거지거리를 가져가는 척 주방장 근처를 기웃거리며 요리의 순서를 외웠고 집에 와서 대충 비슷한 재료를 꺼내 똑같이 따라 만들어 먹었다. 늘 뭔가 부족하다 느끼면서도 그럴싸함에 만족하며 올리브나무 화분이 놓인 벽 너머 옆집 아이들의 목소리를 들으면서, 장난치며 웃거나 싸우다가 울거나 뛰어다니고 나서 뛰어다니는 소리보다 더 커다랗게 다가오는 속삭거림 새근거림 그 아이들도 커서 조리복을 입고 레스토랑 주방에서 설거지하며 시시한 연애 이야기나 여행 이야기를 나눌지 아이들이 틀어 놓고 잠든 티브이에서처럼 우연히, 헤이 오랜만이야. 헤이 웬일이야 잘 지냈어? 존나. 지난주에 기차를 타고 별장에 다녀왔어. 그래 보여 네 머리칼이 햇볕에 탄 것 좀 봐. 시시해서 더없이 영원과 가까운 대화를 떠올리다 식탁에서 잠이 들면 천장으로 가느다란 연기가 휘어지고 무릎을 접어 의자에 올려 둔 왼쪽 다리 아래 손가락이 데일 듯 끝까지 타들어 간 담배를 킴 아주머니가 대신 재떨이에 꺼 주고 창문을 열어 다른 한 개피에 불을 붙였다.

또 다른 이웃집에는 알코올중독자 여인이 살고 있었고 그는 술에 취한 날이면 소리 지르며 창문 밖으로 물건을 집어던졌다. 하루는 중정에서 분리수거를 하고 있던 하사메드가 머리를 향해 날아든 술병에 맞을 뻔한 적이 있어 경찰들이 찾아온 적도 있었지만 알코올중독이라는 이유만으로는 건물에서 그를 내쫓을 방도가 없었지. 올가는 심지어 인종차별주의자였어. 그가 술에 취한 날에는 온갖 모욕적인 언어들이 건물을 날카롭게 떠돌았는데. 이상하지, 이상하게도 올가는 날 좋아했어. 물론 술에 취하지 않은 날에 한해서이지만. 올가는 계단을 내려가고 응우옛은 계단을 올라가고. 어느 날에는 응우옛이 계단을 내려가고, 올가가 계단을 올라가고 그렇게 계단에서 마주친 두 사람은 서로를 올려다보거나 내려다보며 이야기를 나눴다. 책, 목욕 바구니, 장바구니, 신문, 세탁물 바구니 등을 한쪽 옆구리에 끼고선 두 눈을 마주하며 때론 서로의 물건을 살피기도 하면서 날씨가 좋네요. 마트가 쉰다네요. 오늘 굴뚝 청소부가 들른대요. 어젯밤 누가 중정에 들어와 자전거를 훔쳐 갔다나 봐요. 다음 주까지 뜨거운 물이 나오지 않는대요. 술 취한 자신에 대해서는 한마디도 하지 않고 술 취한 그에 대해서는 말 꺼내지 않으며. 나도 딱히 올가를 싫어하진 않았고. 킴 아주머니도 올가를 좋아하진 않았지만 하사메드가 올가를 내쫓자는 성명서를 만들어 돌렸을 때는 이름을 적지 않았어. 올가는 그 건물에 오랫동안 살고 있었고 인종차별주의자들이 몰려와서 건물을 테러했을 때도 그들과 맞서 싸웠으니까. 물론 다른 이웃들을 위해 싸운 것은 아니었겠지. 화염병이 깨지고 건물 곳곳에 불꽃이 터져 매캐한 연기가 자욱해지자, 외국인들은 이 나라에서 떠나라고 소리치는 시위대들을 향해 올가는 창밖으로 식칼을 던져 내다 꽂으며 맞섰다. 올가는 그때도 알코올중독이었나요? 킴 아주머니가 대답했지. 당연하지 그는 태어날 때부터 그랬어.

3시 50분에 알람이 울린다. 냉장고에서 맥주부터 꺼내 마시며 웅우옛은 피넛버터와 딸기잼 그리고 와사비를 함께 바른 식빵으로 도시락을 싸고 다들 이상하게만 생각하는데 비율을 잘 맞추면 진짜 맛있어. 배터리 없어 자꾸 꺼졌다 켜지는 헤드라이트로 어둠이 기다랗게 휘어져 있는 새벽길을 자전거 페달을 밟아 시장에 도착하면 이미 꽃을 실은 트럭들이 집결해 있었다. 쉴 시간도 없이 바로 꽃을 나르는 일부터 시작했지. 도매상들이 도착하기 전에 준비가 끝나 있어야 하니 바삐 장갑을 껴도 가시에 긁히는 일이 자주 있어 언젠가부터 얕은 상처는 베인 느낌도 들지 않는 손바닥으로 꽃을 날랐다. 웅성거림 속에서 응우옛은 꽃 무더기를 품에 안아 옮길 때마다 눈앞을 가린 길쭉한 녹색 꽃가지들 틈새로 씩씩한 얼굴의 여자들을 훔쳐보고 식사시간이면 모여 앉거나 혼자 도시락을 꺼내 먹는 그들의 뒤에 서서 빵을 먹었다. 가벼운 숟가락이 계란에 볶아진 쌀알 아래로 오가고 먹고 남은 반찬을 도시락 통에 모아 놓은 그들은 젓가락을 잘 닦아 내 가지런히 종이에 감싸 챙기고 하나의 뒷모습이 버스에 올라타고 열여섯 살에 나는 이 나라에 왔다 창가 좌석에 앉아 사촌들이 보낸 휴대폰 메시지에 답장하고 *아버지가 운영하던 수선 가게를 팔아 꽃집을 차렸다* 생기를 희미하게 유지하는 얼굴로 차창에 이마를 기대어 햇빛을 피로 속에 쟁여 두면서 *한때는 길거리에서 담배를 파는 남자 중 하나와 데이트를 했지만 그는 결국 추방당*

했다 버스의 속력에 맞부딪쳐 순간순간 아득히 부서져 오는 오렌지빛 햇살에 졸음이 맺힌 두 눈을 떠내면서 건너편 보도 위로 자전거 타고 가는 이들을 지켜보고 *만일 지금까지도 그 남자를 만나고 있다면 나에게도 천사 같은 아이가 있었을까* 검은 빛깔의 길고 상한 머리칼을 매만지며 안내 방송이 끝나기도 전에 이르게 자리에서 일어나는 사람들 틈에서 *아마 그 남자는 여전히 골치였을 것이다 내 집에서 아이를 버려 둔 채 하루 종일 빈둥거리다 우리의 사랑만큼 가난한 밤마다 마작을 하러 나갔을 것이다* 사촌들이 보내온 메시지에 밝아진 핸드폰을 쥐고 있는 두 손톱의 네일이 벗겨진 걸 눈치채고 *티브이를 보며 혼자 저녁을 차려 먹고 난 후에는 시내까지 걸어 나가 본다* 입 가려 하품할 때 어딘가에서 밀려오는 마음들 깊고 짧은 하품이 끝나면 조금 남은 여운이 마저 숨소리로 빠져나가 불빛이 들어선 거리를 천천히 걸으며 *술 마시는 사람들을 부러움 없이 구경한다* 아까부터 이상하게 어깨가 감정처럼 결리는 것을 느끼고서 주물러 보거나 주먹 쥐어 두드려 봐도 소용없이 *그러고는 밤이 되면 캄캄한 극장에 들어가 커다란 스크린에 나타나는 다른*

사람들의 거대한 얼굴들을 마음 놓고 오랫동안 구경한
다. 다 먹은 도시락 통을 들고 있는 하나의 뒷모습이 다시
꽃들이 늘어진 길을 걸어가고 응우옛은 꽃 주위에 흩어
져 제 할 일을 하는 사람들을 위해 일했다.

　카페에 갈 때도 있었지. 커피를 주문하고서 집에서
챙겨 온 그릇에 물을 따라 함께 온 강아지에게 챙겨 주
는 손님들 곁에 앉아 있으면 수염 젖은 강아지들 응우옛
의 발등에 코를 묻어 보거나 별 관심 없이 정원을 돌아다
니고 응우옛은 멀어진 강아지들이 또 한 번 더 자기에게
다가와 주길 기대하며 앉아 있었다. 늘 자전거를 바로 옆
에 세워 두고 앉았어. 온 허공으로부터 커다랗고도 부드
럽게 교차하는 햇빛과 그늘 아래 책이나 체스판을 펼쳐
놓고 앉아 있는 이들 틈에서 테이블에 두 팔을 올려 두어
턱을 기대 앉아 있었다. 건너편 상점 앞에서 바캉스 떠나
는 이들이 차 트렁크에 맥주 박스 실어 넣고 엎어져 카페
안으로 기어가는 아기를 엄마가 들어 올려 품에 안을 동
안 응우옛은 도둑맞을까 기어도 없는 자전거를 옆에 세
워 둔 채, 바람 불어오면 따가운 눈을 감아 흐릿해진 풍

경으로 감은 눈 속의 먼지가 얼룩져 흘러내리게 만들며
앉아 있었다. 헐거운 그늘과 햇빛 속에서 유리잔들이 사
람들의 손가락 사이로 차오르고 하나둘 떠나가 흐트러
진 의자들을 바라보다 웅우옛은 어느 순간 턱을 기대어
둔 손의 셔츠 소매 단추가 저절로 풀어지는 것을 눈치채
면서 웅우옛은 손목으로 흘러내리는 소매의 헤짐과 나
뭇잎들 그림자들 손목시계를 초점 밖으로 희미하게 놔
두면서 이때가 나의 유일한 좋은 시절이었지, 라 회상하
게 되는 일을 두려워하며 앉아 있었다 정확히는 피로해
하며 앉아 있었지. 아무 일 없이 그저 숨 쉬는 일만으로
도 미래에 타들어 가듯이 풍경 바깥으로 스스로 일그러
져 나가는 평화를 이미 너무 많이 겪어 왔기에 카페에서
바다를 떠올리며 앉아 있었다 두 사람이 침대에 앉아 있
고 바다는 그들의 앞이 아니라 그들의 몸 위로 흐르고 어
디서든 비키와 함께 봤던 바다였지 나란히 누운 몸으로
흘러 시야 끝까지 넘쳐 오르는 바다가 커피 잔을 쥐고 먼
지처럼 앉아 있는 이들 주위로 악마같이 생긴 고요가 뛰
어노는 가운데.

친구들과 함께 있는 아이들은 백인을 올려다보고 그 두려움의 대가를 보상받듯 동양인을 내려다봤지. 잠바의 엉성한 모자를 뒤집어쓴 채 혼자 걸어오는 아이를 보며 내가 알고 있는 어른들이 여기에서 아이들이 되어 있는 모습을 떠올렸어. 그들이 잊어버린 그들의 얼굴과 눈 마주칠까 아이에게서 고개 돌리면 비가 사선으로 내리고 *그것은 미래의 수천 가지 옆모습 중 하나* 발코니 창살부터 젖어 가는 연립주택 아래에서 아이와 가까워질수록 고개 숙여 가는 응우옛은 혹여 아이에게 닿을까 미래 깊이에서부터 표정으로 새어 나오는 슬픔을 돌봤다. 흙내 섞인 비 내음을 몰고 아이가 지나온 아시아마트에 들려, 저녁에 볶아 먹을 청경채와 새눈고추 고를 동안 모르는 언어에 둘러싸여 길 잃은 백인 아주머니에게 응우옛은 말 건넬 자신은 없이, 괜히 참기름 들었다 놓으며 아주머니의 안부를 보살피는 동시에 이제 곧 문 열고 마트 바깥으로 나가자마자 자신의 감정이 될 소멸감을 미리 엿봤다. 등에 맨 가방 밖으로 이파리가 삐져나오게끔 리크까지 사서 나온 길가에서는 도로를 파내 수도관 검사하던 인부들이 빗물로 얼굴을 닦아 내고 있었는데 그들 따라 고개 들면 콧잔등에 닿아 오다 멀리 날아가는 빗방울 사이사이 아스라이 채워 눈꺼풀 안으로 밀려오는 햇빛 속에서 *누군가 언젠가의 그들처럼 버스 안에 두 이마가 맞닿을 듯 맨 뒷좌석에 마주 앉아* 비 젖은 머리카락 웃음 같은 욕설 털어내며 버스가 덜컹일 때마다 창문가로 번져 올라 입술 너머 비키의 머리칼부터 말소리까지 물들여 오는 햇살에 눈 찌푸리면 가느다래 희미해진 창밖의 거리에 비 맞으며 서 있는 응우옛, 버스 꽁무니 쫓아 조깅하던 여자가 머리 위로 손바닥 펼쳐 비 받으며 거리 가로질러 가고 응우옛은 다시 길을 걸었다. 오른쪽 길로 갈 수 있었어. 철교로 이어지는 왼쪽 거리로 갈 수 있었다. 몸을 돌려 다시 길을 되돌아갈 수 있다. 어떤 사람들을 지나치거나 어떤 사람들의 틈에서 택시를 잡을 수 있고 버스에 올라탈 수 있다. 거리에 이름을 모르는 이들이 살아 있다.

바퀴가 스스로 돌아가기 시작할 때 페달에게서 발 떼어 내리막길 내려가다 보면 지금 이렇게 핸들을 붙잡고 있는 두 손이 누구의 것인지 알 수 없을 때가 있었다. 생채기 많은 손등의 피부 아래 핏줄, 뼈마디, 맥박이 누구의 것인지 눈을 감아 볼 수도 있었지 숨을 멈춰 보거나 살갗에 귀 기울이면서 손가락 펼쳐 빡빡한 브레이크 레버와 차임벨 만져 보고 턱 밑으로 까만색 이어폰 줄이 흔들흔들 엉덩이 세워 무거워진 페달 밟으며 번갈아 오르내리락거리는 두 무릎을 내려다볼 때면 운동화 밖으로 여러 색깔 분필 가루 어린이들이 그려 놓은 낙서 무리 길바닥으로부터 밀려나고 다시 핸들 꼭 붙잡은 두 손 지켜보는 응우옛은 튀어나온 차에 치여 죽는 상상을 했다. 유리조각들과 함께 자전거 위로 튕겨져 나가 도로 바닥에 거꾸로 처박힐 때까지 뒤집혀 돌아가는 초록빛 잎사귀 가로수 사이 부러져 목이 꺾인 만큼 기울어진 햇빛. 줄을 잡아당겨 전등불을 끄고 어젯밤 침대에 누워 눈 감으니 비키의 발소리가 들려왔는데 저기 엷은 벽 너머 복도로 비가 내리듯이 몸짓으로 낡은 공간을 적시며 계단을 걸어 올라오는 발소리에 응우옛은 울음처럼 심장까지 돋아 오른 소름을 껴안고서 비키일 리 없는 발소리가 현관을 지나쳐 위층으로 사라져 버리고 난 후까지도 웅크린 채 밤 지새웠다. 어떤 방향에서, 어떤 속도로든 눈동자 한가운데로 빗방울이 떨어지고 눈을 감고 오토바이에 치이고 BMW에 치이고 DHL트럭에 치이고 경찰차에 치이고 여러 번 치여 죽을 때마다 얻게 되는 두려움으로 기쁨을 다스렸지. 이미 하나의 길로만 반복해서 똑같은 동네를 몇 바퀴나 돈 응우옛은 이제 아무나, 그게 누구든 자전거를 타고 지나가는 아무 사람들을 쫓아갔다. 처음에는 로드 자전거를 탄 여성이었다. 민소매 밖으로 빨갛게 그을린 어깨 근육이 단단하고 핸들보다 높은 안장에 엎드려 앉아 아래로 휘어진 핸들에 체중을 싣고서 힘차게 나아가는 뒷모습이 멋지다고 생각하던 사이 여성은 너무 빨라 시야에서 금세 없어졌다. 두 번째는 요양원 공터로 이어지는 골목에서 만난 음식 배달 업체 직원이었다. 배달 회사 로고가 그려진 가방을 메고서 저기 출구로부터 아마빛으로 공터가 번져 오르고 있는 골목을 나와 통화하며 양손 다 핸들을 놓고 운전하는 배달원을 따라가다 보니 등 뒤에서부터 얼굴 옆으로 트램이 지나가고 유리창을 경계 삼아 트램 안에 있는 사람들과 눈 마주치다 보면 나는 사실 아까 어느 차에 치여 죽었고 이건 죽음 이후의, 자신이 죽은 줄 모르는 죽은 이에게 주어진 풍경일지도 모른다고 생각했어 자전거의 시점은 영혼처럼 가벼워 트램이 떠난 자리에 향수 냄새가 펼쳐진 시내를 떠돌아다니다 우산 가게 앞에서 만난 백인 할아버지를 따라다녔다. 그는 폴로셔츠를 입은 천사 같았지 응우옛만큼이나 낡고 느린 자전거를 타고서 카페와 레스토랑 파라솔 앞을 지나가는 할아버지 쫓아 저 멀리에서부터의 햇빛이 바람 높은 가로수에 걸려 번쩍번쩍 불어오는 시립도서관 샛길을 빠져나오면 서점 가판대가 길게 줄지어 선 강가에 다다르고 헌책을 살피기 위해 자전거에서 내린 할아버지와 헤어져, 강 위로 이어진 다리를 혼자 건너가 보니 처음 와 보는 동네에는 여러 박물관과 미술관이 모여 있었다. 신전 양식의 기둥에 둘러싸여 안뜰에 누워 책을 읽거나 계단에 모여 앉아 빵을 잘라 나눠 먹는 학생들 곁에서 웅장한 건축물의 미감 탓인지 지붕을 올려다볼 때면 석상 너머의 하늘까지 비현실적으로 깊어 보이는데

꿈에서도 자전거를 타는 응우옛은 핸들 잡은 두 손을 지켜보고 고개 들어 다시 눈앞의 길을 바라보며 거리보

다 넓게 각막에 맺혀 오는 햇빛이 두 눈을 지나와 표정이 되어 가는 것을 느꼈다. 몸으로 얼굴이 옮겨지듯이 손발 끝까지 퍼져 오는 따스함에 메말라 종말되어 가는 표정으로 눈물을 흘리던 응우옛은 다시 두 손을 살펴보고 셔츠 소매 안에 동그랗게 빛나고 있어야 할 손목시계가 보이지 않아 잠에서 깨어났다. 부엌에 앉아 있던 킴 아주머니가 방에서 나오는 응우옛을 향해 창문 한쪽을 열어 주면 응우옛은 킴 아주머니 곁에 앉아 담배를 빌려 피웠다. 킴 아주머니는 미래의 이야기를 좋아했고 응우옛은 담배를 하나씩 빌려 피울 때마다 미래에서 겪었던 이야기들을 들려줬다. 미래에는 시간이 너무 빨라서 그 누구도 사고를 길게 할 수 없어요. 새들이 전부 사라져 버린 이야기. 어디든 길 위에서 그들을 감시해 오는 햇빛의 그래픽을 피해 달아나야 했던 이야기. 트럭을 훔쳐 이미지 더미들을 배달했던 이야기. 폐허가 된 대학교에 숨어 있을 때였어요. 우리는 캠퍼스 뒤편 구석에 중국어로 대자보가 붙어 있는, 아마 중문과 및 중국어학당으로 추측되는 낮은 건물에 몸을 피해 있었지요. 자판기와 사물함까지 하나하나 다 뒤져 봐도 이미 남아 있는 데이터가 없었는데 흙과 나무가 모조리 썩어 있는 아담한 중정에서 매화 잎사귀 하나가 바위 위에 떨어져 있는 것을 발견했어요. 진짜인지 그래픽인지 혹여 찢어질까 조심스레 그 조그만 잎사귀를 손바닥에 올려 두고 스캔해 보니 잎사귀 안에 데이터가 남아 있더군요. 하늘뿐인 풍경과 보이지 않는 얼굴의 목소리들이 담긴 아주 짧은 이미지였지만 대신 우리는 어느 오후 중문과 교수와 학생들이 봄볕에 나와 정원 한가운데 청매화나무를 심는 모습을 상상해 볼 수 있었지요. 배를 타거나 기차, 비행기를 타고서 아마 누군가 중국에서 청매화나무 씨앗을 가져왔을 거예요. 건물 위치를 보건대 학교에서도 별 영향력이 없었을 그들은 의욕도 별로 없고 귀찮음에도 시간을 내 정원에 모여 흙을 파고 씨앗을 심었겠지요. 마지못해 나온 학생은 멀찌감치 서서 심드렁하게 하품하고 조교는 이 성가신 일의 분노를 간신히 참아 내며 교수 옆에서 억지 미소를 짓고 있었을 거라고 우리는 시시덕거렸죠. 때때로 손목시계를 매만지며 킴 아주머니와 마주 웃던 응우옛은 미래를 이야기할수록 지금 자신이 미래를 지어 내고 있다는 생각이 들었다. 입술 밖으로 술술 나오고 있는 이야기들이 정말로 내가 겪었던 일인지 의심이 들었지 비키의 지친 얼굴과 그을린 살갗 곁에서 비키를 바라보고 있는 응우옛 자신의 얼굴은 떠올릴 수 없으니 매일 자전거를 타고 있는 시선 또한 데이터로 본 과거의 이미지인지 여기에서 자기가 직접 바라보았던 것인지 헷갈려 몸이 떨려올 때면 킴 아주머니가 기절한 응우옛을 안아 침대에 눕혀 줬다.

그래서 바로 존나 스쿠터를 빌려 타고 달려갔지 대야물에 담가 둔 마늘을 꺼내 껍질을 깔 동안 남자아이들이 대화했다. 보내 준 주소에 도착하니 독일인 할아버지가 기다리고 있었어. 그때부터 뭔가 좆같았지. 집은 뭐 그냥 좀 특별할 건 없었고 옷은 뭘 입고 있었지 카디건이었나 기억도 안 나는데 근데 그냥 도착하자마자 뭔가 좆같은 느낌이 들었어. 노인네가 내가 코앞까지 와서 눈을 마주치는데도 눈길을 피하며 아는 척도 안 하길래, 이베이에서 연락한 사람이라고 인사하니까 혀를 차면서 다짜고짜 왜 자기에게 거짓말을 했냐 소리치는 거야. 너한테 이야기했지 이 노인네와 두 달 동안 메시지를 나눴어 처음에는 단지 헤드폰 상태만 묻다가 점점 음악에 대해 이야기하며 우정 같은 게 생겼었다고, 그동안 내가 거짓말 한 게 있었나 하나하나 떠올려보다 아무리 생각해도 난 거짓말한 게 없는데, 혹시 내가 약속 시간보다 조금 빠르게 도착해서 그런가 지나가던 사람들도 멈춰 서서 우릴 쳐다보는데 날 집 문 밖에 세워 두고 삿대질해 가며 지랄해 대니까 존나 벙쪄서 아무 말도 안 나왔다니까. 내가 무슨 거짓말을 했다고 그러세요 물으니, 그 영감이 내 이름을 묻더군. 대니예요. 아시잖아요 그러자 영감이 나한테 침을 뱉었어. 와 그러더니 대니는 백인의 이름이다. 너의 진짜 이름일 리 없다. 그간 너의 이름만 믿고 너에게 가르침을 베풀었다 지랄 지랄을 하더군 씨발 나치새끼. 그래서 그게 얼마짜리였는데? 90유로. 히틀러 좆같은 새끼 매니저가 들어오자 남자아이들이 홀에 나가고 응우옛은 식용유를 뿌려 웍을 코팅해 두고 남자아이들이 손님에게 테이블을 안내해 주고 요리가 담긴 접시를 건네받고 건네주고 빈 접시를 수거하고 청소하고 짬날 때마다 남자아이들 중 한 명이 휴대폰을 꺼내 문자를 보내고 가게 뒷정리가 끝난 뒤 다른 남자아이가 차를 몰고 마중

나온 친구들과 함께 차에 올라타 놀러가고 지하철역으로 혼자 걸어가는 남자아이가 휴대폰으로 문자를 보내고 *내가 유모차에 타 있을 때 거대하게 다가오던 아버지와 누나의 얼굴* 답장은 오지 않고 어제는 야간 축구 수업에서 나 혼자 마지막까지 팀 선택에 뽑히지 않았다 지하 2층 플랫폼에서 지하철 문이 열리면 사람들이 어깨를 부딪치며 지나가고 *집에 돌아와 젖지도 않은 유니폼을 빨며 엄마 몰래 울었다* 낙서된 지하철에 앉아 벌써부터 술 취해 있는 남자들 맞은편에서 남자아이는 휴대폰으로 축구 경기를 켜고 술 취한 이들은 큰소리로 떠들다가 누군가는 남자아이를 노려보고 *누나가 가출한 지 2년이 지나고서 우연히 올라탄 247번 버스 맨 뒷좌석에서 누나를 보았다 처음 보는 형 등에 얼굴을 기대 눈 감고 있었다* 전철 바닥에 맥주병이 굴러다니고 다리가 다친 개가 남자아이 곁을 지나 주인에게 돌아가고 *잠들기 전마다 국기가 달린 유니폼을 입고 대형 구장에 들어서는 내 모습을 상상한다 잔디풀이 흔들릴 정도로 사람들이 내 이름을 외치고* 시내에서 우르르 내리는 사람들 발소리와 옷에 꼬인 먼지 냄새 인사말과 함께 옆 칸에서 옮겨온 남자가 들고 온 스피커를 틀고 *나는 두 골 이상 넣을 것이다* 남자가 성악의 발성으로 가곡을 부르기 시작하고 *경기 이후 인터뷰에서 내 핏줄을 자랑할 것이다 나의 갈색 얼굴로 《GQ》 커버를 장식할 것이다* 노래를 끝낸 성악가가 동전 받을 종이컵을 들고 다가오고 남자아이는 미안한 마음을 빚진 채 고개 숙여 눈길을 피하고 *나에게 영원히 그런 일은 일어나지 않을 것이다* 우는 아기를 달래고 있는 여성에게 자리를 양보하고 서서 남자 아이가 터널을 지나며 휴대폰에게서 눈을 떼 창밖의 어둠 한가운데 목매달려 덜컹거리고

서 있으면 가만히 눈앞으로 흘러가는 광원의 일부가 되어 번져 오르는 손가락들 지폐를 건네준 손으로 피자 박스를 넘겨받고서 기차에 자전거를 싣고 물통과 수건을 챙겨 넣은 가방을 맨 채 생각날 때마다 자전거 뒤에 묶어 둔 피자 박스를 쓰다듬었다. 기도하듯 책 읽으며 가만히 앉아 있는 사람들의 숨소리 너머 차창에 흐르는 하늘이 상상해 본 적 없이 선명해 보고 있으면서도 믿을 수 없는 사람들 사이로 흐르는 숨소리 오래된 성당에 들

러 길을 물어보면 따라오라 손짓하고 자전거 밀며 앞서 떠나가는 꼬마아이 쫓아갔지. 30분쯤 주유소와 치약 그림 커다란 광고판 지나 서서히 흙으로 바뀌어 가는 산길의 숲속에서 자전거가 덜컹이고, 입술에 달라붙은 머리칼을 뱉어 내는 얼굴 옆으로 너무 높은 나무들의 거인 같은 시선 사이마다 아까의 햇빛이 번쩍번쩍 지나온 풍경과 눈앞의 풍경이 쉼 없이 부딪쳐 하얗게 폭파해 오는 시간의 입체감이 어지러워 눈 감은 응우옛 앞으로, 물결처럼 나무 틈을 흘러넘쳐 오는 빛 가르며 꼬마아이가 사라지고 다시 눈을 뜬 응우옛이 고개 돌리면 나뭇잎들의 그늘 흐르는 호수

　말소리 따라 자전거 끌며 걸었다. 살색으로 서 있는 사람들 호숫가에 수영복을 입고 여기저기 앉아 있거나 팔 기대 누워 여러 색채로 빛을 내는 몸들을 지나온 응우옛은 인센스 피워 둔 채 명상하는 스킨헤드 연인 옆에 가방을 내려 두고, 머리 뒤 나무에서는 청설모가 드나드는 소리가 들려오는데 어떤 조짐의 기척 안에서 인센스, 젖은 흙냄새 가까이 또 멀리 호수 표면을 타고 발장구 쳐 오는 웃음소리의 주인들을 떠올리며 응우옛은 본 적 없

는 과거에 앉아 있었다. 여기저기 버려진 젤리. 오리들의 눈 깜빡임. 음료수 병에 달라붙는 벌. 커다랗고 환한 색깔의 수건들. 보자기 위에 흩어진 카드게임 패. 환각 같은 참새들. 가만히 신발 끈을 풀어 신발을 벗고, 양말을 벗으며 비키를 생각하고 발목 아래의 물크러짐 차가운 무릎 높이까지 호수에 들어서면, 종아리와 허벅지 스쳐가는 작은 물고기들 저기 얼굴만 떠 있는 사람들 곁으로 반사되어 공중으로 튀어 오르는 햇빛 어깨 깊이까지 들어선 응우옛이 물속으로 얼굴을 집어넣었을 때, 한순간에 모두 응우옛이 울어 놓은 듯이 넓어지는 호수 아래 가라앉는 몸, 물낯 위로 고개 들면 빛과 함께 산산조각 깨져 나가는 얼굴 스스로 환상을 끝내던 순간을 기억하면서 응우옛은 기차에 앉아 있었다. 갈 때와 다르게 돌아오는 기차에는 사람이 몇 없고 역방향 좌석에 앉아 여기 네모나게 바닥을 적셔 놓은 창틀 무늬대로 이마를 물들여오는 빛 쫓아 눈 흘기면 차창에 물결치는 주유소 간판과 나무 수풀 위로 겹쳐 흐르는 응우옛의 얼굴이 투명하게, 목 뒤 또 어깨까지 머리칼에 아직 남아 있는 물기가 닿을 때마다 응우옛은 그만큼의 호수를 느끼면서 그렇게 환하고 깊은 숲에 둘러싸여 아침부터 기차를 타고 달려온 거리가 차창에 하나하나 거꾸로 스러져 밀려나는 모습을 지켜봤다. 과거로 빨려 들어가듯이 창밖이 모조리 거꾸로 되돌아가며 지금 함께 타 있는 이들이 기차의 전속력으로 그들의 과거로 돌아가고 돌아가 그들이 다시 시작할 장소에 도착할 동안 응우옛은 존재할 곳 없었다.

○

Joshua가 운전석에서 말해 주기를 그저께 밤에 게임에서 총을 쐈는데 그저께 밤에 윗집의 창문이 깨지고 노인이 창밖으로 떨어졌다 가족은 물론 배달부도 오가지 않는 5층 집에서부터 뒷마당으로 유리 파편들과 한꺼번에 쏟아져 내린 노인의 시신 옆에 서 있던 형사들이 깨진 창문을 올려다볼 때 Joshua는 맛이 간 사람들 앞에서 음악을 틀고 있었다. 코너를 도는 동안, 점심시간에 이상하게 번져 오르고 있는 코너를 도는 동안 빛이 덩어리 채로 부서지고 있는, 한낮이 추상으로 뒤틀리고 있는 코너

를 도는 동안 지금처럼 한 손으로 핸들을 돌리며 은행잎
이 쌓인 차이나 레스토랑의 코너를 도는 동안 새하얗게
눈앞으로 퍼져와 손 지문 더러운 차창에 비명 자국을 묻
이던 햇빛의 얼굴을 떠올리면서 망한 클럽의 디제이 부
스에 서서 Joshua는 음악을 틀고 있었다. 방금 코카인을
문질러 입술의 감각을 잃은 여자가 말을 걸어 왔다. *음악
참 좆같이 트네. 우리 엄마도 이거보단 잘 틀겠다 알아?
내가 어릴 때 엄마랑 무슨 뮤지컬인지 뭔지를 보러 갔었는데
극장에 들어간 엄마는 나를 자리에 앉혀 두고선 처음
보는 남자랑 극장을 나가 버렸어 그런데 배우들이 집단
식중독에 걸려서 공연이 취소된 거야 극장을 나와서
비 때문에 좆같이 반짝거리는 거리를 걷다 보니 아이스
크림 가게 안에 존나 큰 텔레비전이 있었어 이제 누구
나 그들의 삶을 알게 된 탓에 더 이상 누구도 그들의 삶
을 궁금해하지 않는 형사들의 말에 따르면 그저께 밤에
윗집의 노인은 성냥을 들고서 창문 근처를 서성거리며
촛불을 껐다 켜고 다시 껐다 켜길 반복하고 있었다. 그리
고 어느 순간 심장이 마비되고 넘어지고 창밖으로 떨어
졌다. 모니터 안에서 이미 오랫동안 망원 구경으로 NPC

의 머리통을 겨누다 마침내 게임패드의 버튼을 누르던 손으로 핸들을 잡고 있는 Joshua가 말해 주기를 결국 홀린 듯이 차를 대고 내려 차이나 레스토랑으로 걸어 들어갔다. 방금 전 차 안에서 본 차이나 레스토랑 입구의 숄, 손톱보다 작은 유리알들이 줄지어 세로로 길게 매달려 있는 그 성스러운 숄을 빛나는 손으로 들추고서 들어가 테이블 두 개를 지나친 뒤 중앙의 자리에 앉았다. 깨끗한 벽지 가득 햇살이 꿈틀거리고 주방에서부터 100살도 넘어 보이는 종업원이 Joshua를 향해 한 시간 동안 걸어왔다. 허리를 꼿꼿이 세운 채 걷는다기보다 극히 미세한 걸음의 보폭으로 이동해 온 종업원은 떨리는 손으로 주전자를 들어 올려 조슈아의 찻잔이 넘치도록 뜨거운 차를 따라 줬다. 제자리에서 춤을 추는 사람들을 보고 있었다. 음악을 틀지 않아도 그들은 춤을 출 수 있고 공간이 없어도 그들은 춤을 출 수 있고 음악도 공간도 필요가 없다면 이들은 왜 여기에 와서 음악도 듣지 않고 제자리에서 혼자 몸을 허우적거리고 있는 것인지. 휘청거리고 바스락거리는 온 면적으로 햇빛을 사방에 미끄러트리며 은행 잎들이 떨어져 내리는 창가 쪽의 테이블에서 연인 한 쌍이 만두 하나를 젓가락으로 가르고 있었다. 마주 앉아 서로 하나씩의 손을 뻗어 그들 사이에 놓인 책 종이를 넘기며 한 권의 책을 함께 읽는 연인들의 두 얼굴이 유리창에 연속되며 코너를 넘어서고 있었다. 형사들은 미국적으로 생각하고 있을 것이다. 아니면 멕시코시티적으로. 주택융자금을 떠올리다 간헐적 우울증에 습격당하며 십수 년 전 복싱 체육관에 다니던 일과 요즘 초저녁 거리에서 조깅하는 이들을 마주칠 때마다 들이닥쳐 오는 정체 모를 패배감에 대해, 또 어쩌면 잠에 들지 못한 채 스무 시간을 날아와 빗물로 얼룩진 활주로로 착륙하던 싸구려 비행기에서 보았던 유도등의 울먹거림에 관해 이야기 나누며 그들만큼이나 오래된 차 안에서 파트너와 나란히 노인은 앉아 있을 것이다. 카오디오에 언젠가, 지금보다도 매서웠던 겨울날 너무 추워서 들어간 백화점에서 녹음해 두었던 카세트테이프를 넣고 창밖의 눈보라 같은 음질의 크리스마스 캐럴을 틀면서 Joshua가 말해 주기를 그저께 밤에 게임에서 창문 안을 바라보고 있는데 창문에 Joshua의 얼굴이 비쳤다.

배와 버스가 지나가고

기다란 배수관 색 바래 녹슨 사다리 주위로 실외기 몇 돌아가는 높고 헤진 벽면에서부터 사선으로 드리운 그늘을 지나 저 멀리 좁은 두 벽 사이를 비집고서 하나의 빛처럼 하늘과 바다가 번져 오르는 골목을 뒤돌아 다른 방향으로 난 골목을 걸어가다 보면 언덕을 이루는 길이 나타나고 오르막길 양옆 건물에 매달려 있는 간판들을 바라보다 계단에 앉아 잠들었다. 왜 늘 거기에서 졸고 있는지 이모들이 물어오면 가끔 혼자 마음속으로 읊조린 말들이나 상상들이 주위 사람들에게 다 들리는 것 같아 무섭다고 티엔이 일하던 국숫집에는 쌍둥이 이모 두 분이 계셨는데 냄비에서 모락모락 김이 올라오면 티엔은 골목으로 트인 조그만 창문 사이로 들어온 바람이 찡그린 티엔의 눈꺼풀 안에서 반짝이던 기억을 자주 미래와 헷갈려했다. 언젠가 보았는데 언제가 언제이고 어디가 어디였는지 티엔은 설거지하는 티엔 대신 티엔의 땀을 닦아 주던 이모들과 쉬는 시간에는 홀에 모여 텔레비전을 보거나 기지개 펴며 골목에 나가 담배를 나눠 피웠고 찬물에 야채를 헹구던 여러 손들이 반지 자국이 남아 있거나 지문이 닳아 있거나 손톱이 부드러워져 있는 맨

모습이 되어 나타나, 물기가 채 마르지 않은 손가락 사이 가벼이 스치는 햇살을 골목 가득 찰랑이게 만드는 손짓들로 이어져 일을 마치고 동네를 혼자 거니는 티엔의 눈앞 곳곳에 저녁까지도 아른거렸다. 늘 늙은 남자들이 웅크려 앉아 있는 지붕 낮은 신발 수선 가게들을 지나치며 그래서 큰 이모의 아들은 교도소에 있거나 발레 단원이었던 작은 이모는 스무 살에 인신매매를 당해 외국에서 2년간 일했다는 이야기를 껴안고서 티엔은 흩어지는 새벽의 어둠 곁으로 젖어 오는 푸른빛이 유리창을 물들여 오면 부두로 나가 떠나가고 있거나 돌아오고 있는 여객선들을 고개 왼편으로 두어 걸었고 그렇게 티엔의 뺨 너머로 지나가는 세계의 옆모습에 빗방울이 섞여 드는 날에는 외국인청 앞에 줄을 선 사람들을 구경하다 그들 뒤에 함께 줄을 서고 체류 허가 심사받는 상상했다. 필요한 서류를 구비해 두고서 심사관 앞에 서서 농담을 해 가며 조금은 귀찮은 듯 인터뷰 마치는 백인 남자 주위로 변호표를 손에 쥔 채 인터뷰 연습해 보는 이들의 긴장된 얼굴을 바라보다 보면, 기억 속에 갇혀 있던 얼굴들이 열려 오고 떠올릴수록 사라져 가는 얼굴들이 영영 증발해 버

리기 전에 자리에서 일어나 다시 걸었다. 여기에 왜 오 셨죠. 도착해 보니 여기였어요. 여관 앞 골목에 들어서면 맞은편에서 출근 중인 여성들이 걸어오고 긴 다리 교차 해 걸으며 도넛 박스에서 도넛 꺼내 먹는 그녀들과 서로 길을 비켜 주고 가끔은 농담을 나누고 가끔은 말없이 서 로의 표정에 패인 구덩이의 깊이만큼 고개 숙여 지나가 고 가끔은 단속반이 비자 없는 사람들을 끄집어내고 있 었고 그런 날에는 길을 되돌아가 별 볼일 없어 보이는 타 워를 중심으로 이리저리 구부러진 공원을 몇 바퀴 돌았 다. 오르막길을 오르고 내리막길을 내려가고 언덕의 갈 림길이 많은 공원에서 몇 번은 뒤를 돌아보면서 빙글빙 글 걸어온 길 위로 자기 자신이 자신의 눈앞에서 자신을 향해 지금의 자신과 똑같은 옷차림으로 걸어오고 있는 꿈에서 깨어나면 사람들이 사라진 옆방에서 오늘은 쫓 겨나지 않은 이들이 수치심을 지워 내려 안간힘 다해 코 를 골아 대고 있었고 책상에 앉아 있던 티엔은 두 이모들 이 가르쳐 준 대로 담배를 입에 물고 불을 붙였다.

차창 앞에 앉아 청재킷 맞춰 입은 연인이 서로의 품에 안겨 속삭

이고 고개 기울여 연인의 어깨 품에 얼굴을 파묻은 남성이 가느다란

여객선 라디오에선 가벼운 재즈가 자주 흘러나왔는데 베이 에리어 사운드라고 어느 곳이든 항구도시에서는 언제나 퓨전재즈를 위시로 한 음악 채널이 있어 왔다고 승객들끼리 나누는 이야기를 들은 적 있었다. 선내 안내 방송을 마친 하라는 마이크를 내려놓고 넓게 트인 유리창 가득 반짝이는 바다를 지나며 계단을 내려와 직원 휴게실에 들러 동료들과 카드 패 돌리거나 창문 없는 객실의 2층 침대에 누워 쪽잠을 잤고, 점심시간이 거의 끝

두 눈을 감았다 뜨며 속삭임 이어 나갈 동안 부드럽게 열리다 감기는 남성의 속눈썹 지나 눈꼬리 너머 비스듬히 바닥을 내려다보는 여성의 머리칼 뒤로 오렌지색 터널 불빛들 맞은편에서 마주 달려오는 전철 불빛들과 부딪쳐 깨져 나가며 엇갈린 각도의 두 사람 얼굴 밖으로 조각나 날아가는 눈코입 아무 기척 없이 비어 있는 옆 칸의 객실까지 속삭임은 덜컹이며 마주 달려오는 전철이 부숴 내는 빛에 맞혀 흩어지고 외로움을 잃어버린 시선이 맴돌던 바닥으로부터 고개 들면 차창 안으로 쏟아져 오는 어둠 서로의 품에 안겨 있지 않은 두 사람이 차창 아래 혼자 앉아서 날 때쯤에서야 식당에 가 밍밍한 카레라이스를 먹다 남겼다. 커피 잔의 검은 물결 속으로 하얗게 풀어지는 별모양 설탕 가루 가느다랗게 물들어 가는 하얀 곡선의 부드러운 흐름 따라 검은 물결 바깥에서 안쪽으로 회전할 동안 옆 테이블에 마주 앉아 바다를 바라보며 나누는 두 수녀님의 말소리 사이 하얀 허공으로부터 바다를 지나온 햇빛이 기다란 직선의 형태로 선내 식당 일부를 환하게 가로질러 와 카레 얼룩 어질러진 흰 쟁반과 커피 잔 위 빛 속에서 역광으로 어두운 승객들의 고갯짓 엇갈렸다. 하라는 다 먹은 그릇을 수거함에 올려 두고 식당을 걸어 나왔다. 바다에게서 눈을 떼어 얼굴 마주해 이야기 이어 나가는 두 수녀를 지나와 식당을 나서며 미간을 모으고 두 입술 다물어 방금 전의 햇빛이 갑작스레 밝혀 낸 어느 감정을 몸 구석에다 간신히 구겨 넣고선 방송실에 도착해 여객선의 항로를 안내했다. 늘 해 왔던 어조와 억양대로 저녁식사 및 선내 이벤트 시간 그리고 도착지까지의 남은 여정을 안내하다 보니 마음 서서히 가라앉았고 멘트 도중 하라를 웃기기 위해 동료들이 하라 앞에 다가와 지어내는 한심한 표정에 웃어 주면서, 조금 전의 환한 풍

경 속으로 햇빛이 다가온 길이만큼 추락해 내리던 마음을 잊은 체했다. 우유와 소보로빵 먹으며 근무 일지 작성까지 마친 뒤 여전히 재즈가 흘러나오는 선내 복도를 걷던 하라는 노래를 따라 흥얼거렸고 청소복 입은 사람들이 커다란 세탁 수레 끌고 나타나면 벽에 등을 기대 멈춰 선 채 그들이 편히 지나가길 기다렸다. 낮에, 오전에, 밤에 하라는 그들이 다 지나가고 나서도 벽에 등을 기댄 자세 그대로 팔짱을 끼거나 고개 숙여 복도에 오래 머물렀다. 어릴 적에 들었던 노래 흥얼거리면서. 아무도 없는 복도에서 혼자 그렇게 흥얼거리고 흥얼거림을 멈추고 조그맣게 다시 흥얼거리고 또 다시 멈추고. 읊조림에 가까운 노랫말과 노래의 멈춤 사이 하라 스스로 만들어 낸 고요로 공허와 맞섰다.

교복을 입고 해변을 뛰어다니는 학생들이 있었다. 모래에 파인

발자국 모양 위로 모래알 붙은 맨발들이 허공을 밟아 가고 아우성과

웃음소리들 뛰어들듯 앞사람의 목을 둘러 안고 업히거나 업으면서

제자리에서 긴 머리칼 휘날리며 점프하면 무릎 곁으로 작게 회오리

쳐 오르는 물방울들 거꾸로 뒤돌아 달리면서 뒷사람과 얼굴을 마주

타원형으로 각 층의 복도가 동그랗게 이어지게끔 설
계된 백화점 옥상에서부터 에스컬레이터 타고 1층까지

하고 똑같이 입 벌려 소리 지르고 펼쳐진 기다란 양팔 끝에서 빛나는 손가락들 교복 셔츠 풀어진 넥타이 사이 살색 목덜미와 흐트러지는 치마 주름 교복을 입고 해변을 뛰어다니는 학생들이 있었다. 모래알 붙은 맨발들이 허공을 밟아 가고 모래에 파인 발자국 모양 위로 아우성과 웃음소리들 제자리에서 긴 머리칼 휘날리며 점프하면 무릎 곁으로 작게 회오리쳐 오르는 물방울들 목을 둘러 안고 업히거나 업으면서 해변을 뛰어다니는 학생들이 있었다. 제자리에서 긴 머리칼 휘날리며 점프하면 무릎 곁으로 작게 회오리쳐 오르는 물방울들 거꾸로 뒤돌아 달리면서 뒷사람과 얼굴을 마주하고 펼쳐진 기다란 양팔 끝에서 빛나는 손가락들 교복 셔츠 풀어진 넥타이 방울들 뛰어들듯 앞사람의 목을 둘러 안고 업히거나 업으면서 입 벌려 소리 지르고 거꾸로 뒤돌아 달리면서 뒷사람과 얼굴을 마주하고 똑같이 펼쳐진 기다란 양팔 끝에서 빛나는 손가락들 풀어진 넥타이 흔들며 해변을 뛰어다니는 학생들이 있었다. 흐트러지는 치마 주름 내려오며 뱅글뱅글 옷가게 돌아다니는 사람들을 구경했다. 하얀 대리석 바닥 위로 이곳저곳 즐거운 무리끼리의 간격마다 혼자 걷는 사람들이 있었고 티엔은 가끔 무리 안에서도 혼자인 이들의 얼굴을 가만히 바라보다 자신이 그곳에서 익숙한 표정이 나타나길 기다리고 있음을 깨달을 때면 어서 눈 떼곤 천장을 향해 고개 젖혀 은빛 거울의 무늬대로 여러 갈래 갈라져 있는 자신의 얼굴을 지켜봤다. 걷거나 앉아 있거나 멈춰 있던 얼굴 없는 뒷모습의 이들이 제각기 갈라지며 사라지고 있었다. 달달한 밀가루 냄새가 차가운 공기에 서려 있는 아이스링크에서는 핫도그 먹는 아이들 곁에 앉아 얼음 다져 내는 정빙기와 정빙기 운전하는 여성 기사 구경했는데 얼마나 오래 일했는지 이름이 무엇인지 빙판을 정리하며 어떤 생각을 하는지 국수를 좋아하는지 자기도 정빙기를 운전해 볼 수 있을지 누가 오길 기다리고 있어요? 핫도그의 소시지를 남겨 두고 빵만 발라먹은 아이가 물어본다.

왜 신발 안 갈아 신어요? 난 여기 앉아만 있을 거야 우
리 엄마도 그래요 스케이트는 재밌니 네 재밌어요 근데

티엔이 말을 고를 동안 정빙기 링크 밖으로 퇴장하고 핫도그도 마저 다 못 먹은 아이가 다른 아이들 뒤를 따라 뒤뚱뒤뚱 뛰어가는 일을 상상하면서 누구도 티엔에게 말을 걸어오지 않는 백화점 아이스링크에 앉아 있었다. 길 잃은 얼굴로부터 백화점 천장의 거울에 닿기까지 시선이 스치는 동시에 티엔에게서 흘러가 사라져 버린 풍경들처

재미없기도 해요 집에 가고 싶을 때도 많은데 어쩔 수 없어요 왜 어쩔 수가 없어? 이건 비밀인데요 곧 세상이 다 말라 버릴 거예요 제가 얼음 스케이트를 타 본 마지막 아이가 되겠죠 그걸 어떻게 알았어? 어느 날 꿈을 꿨어요 바다가 사막이 되어 있고 어른들이 사막을 헤매며 우는 꿈이었어요 처음에는 그 어른들이 그냥 어른들인 줄 알았는데 꿈에서 깨고 보니 그게 나일 수도 있는 거예요 그죠 안 추워요? 내 핫도그 좀 먹을래요? 아니야 괜찮아 너 많이 먹어 담배 냄새 나요 미안 나도 나중에 담배 피우게 될까요? 글쎄 너 마음에 달렸지 그래서 누굴 기다리고 있는 거예요? 아니야 그냥 혼자 있는 거야 정말이지 나에게도 그런 시간이 필요해요 어디서 오셨어요? 옥상정원에서 왔어 아니요 어느 나라 사람이냐고 물은 거예요

럼 빗방울 맺혀 오는 버스 유리창에 이마 기대어 눈을 흘기면 샌드위치 가게 직원이 손에 쥔 책을 읽어 가고 있고 머리 그물망 쓴 채 유니폼 주머니에 손 넣은 자세로 샌드위치 가게 차양 아래에서 조명 불빛과 함께 흩어지고 빗방울 맺혀 오는 버스의 커브에 몸을 기울이며 티엔은 옆 차선으로 나타났다 사라지고 다시 나타나는 다른 버스에 타 있는 얼굴들이 가로등과 신호등 간판 불빛에 얼룩져 빗물로 흘러내릴 때까지 창에게서 눈 떼지 않았다. 이미 많은 언덕길을 지나오는 도중에 어디를 지나고 있더라도 눈에 보이지는 않지만 주위에 바다가 있다는 감각이 커다래 물로 뒤덮인 버스 안에서 바다 아래를 지나는 기분 들었는데 승객들이 데려온 빗물이 버스의 흔들림 따라 바닥에 스스로의 궤적을 그려 가고 방금 탄 여자의 백팩에는 지퍼 밖으로 가방보다 기다란 꽃이 삐져나와 있어 창밖 불빛들과 라디오 말소리들 조르르 오고 가는 버스 안에서 티엔은 모르는 이의 가방 밖으로 삐져나온 분홍색 꽃을 다른 이들과 각자 다 함께 바라보았다.

자기 등에 깔린 팔을 빼내다 잠에서 깨어 버린 하라
는 편한 자세를 찾기 위해 몸을 뒤척이다간 결국 잠든 직

원들 깨지 않도록 2층 침대에서 조심히 사다리를 내려왔다. 바다가 밤으로 넘쳐나고 있었고 바람이 불어오는 반대 방향으로 복도 걸었다. 고개 들면 입김 멀리 차갑게 펼쳐져 있는 별빛 아래 아무도 갑판에 나와 있지 않았다. 가장 늦게까지 열리는 바 또한 불 꺼져 있어 술병 나열된 창문가 근처를 서성일 때 약간의 토 냄새 갑판으로 밀려오는 바다 냄새와 섞여 하라 주위를 훑곤 떠나갔다. 주름지는 무늬대로 휘날리는 옷 바닷바람에 등 돌려 담배 불붙이려 해도 라이터 불 자꾸 붙지 않아 갑판 난간에 몸 기댄 하라는 그저 생각 대신 눈 둘 곳이 필요해 파도 너머의 파도, 그 너머의 파도 너머가 밤의 가장자리에서 불어나는 생김새를 쫓아 보았고 뱉어 낼 연기 없이 바람을 받아 내다, 바람이 몸을 통과하여 지나가고 다가오고 어느 순간 텅 빈 감각이 되어 심장이 사라져 버린 기분이 들 때 바다에게서 눈 뗐다. 계속 물고 있느라 담배 종이 달라붙어 뜯어진 입술로 맴도는 피 맛 다시며 하라는 두 손으로 얼굴 가리고선 두 손 안의 안전한 어둠이 하라에게 충분히 넘쳐흘러 다시 한숨 같은 욕설 읊조릴 수 있을 때까지 그렇게 서 있었다. 라이터 빌리기 위해 선내 출렁임 따라 흔들리는 전구 불빛 아래 창고 가득 쌓인 빨래 더미에 앉아 청소복을 입은 사람이 책을 읽고 있었다.

의 지하 복도를 두 층이나 돌아다녀 보아도 아무도 마주 치지 못한 하라는 결국 이 시각에는 한 번도 내려와 보지 않았던 창고 층까지 내려와서야, 복도 끝에서 한 창고의 열린 문틈 아래로 미끄러지듯 흘러나오고 있는 불빛을 발견했다.

불 좀 빌릴 수 있을까요? 네 그래요 청소복 입은 사람 이 라이터를 건네주곤 다시 책을 읽었다. 오늘 당직이신 가 봐요. 아니요. 책에 집중할 수 있는 시간이 이때밖에 없어서요. 매일 이 시간에 여기서 책을 읽는 거예요? 맞 아요. 그래도 내일 새벽이면 도착할 테니 다행이네요. 글 쎄요. 모르겠네요. 몰라요? 네. 저는 배에서 안 내리거든 요. 왜요? 난 비자가 없거든요. 라이터 돌려주며 담배 한 개비 함께 쥐여 주고 빨래 더미에서 서서히 풍겨 오는 지 린내 담배 연기로 밀어내면서 읽고 있는 거 재밌어요? 네 재밌어요. 뭔데요? 그냥 소설이에요. 난 스무 살 이후 로 책을 읽어 본 적 없는 것 같아요. 굳이 읽을 필요 없죠.

근데 왜 읽어요? 그러게요. 나에게 새로운 과거들이 필요한가 봐요. 그게 왜 필요하죠 난 과거 때문에 늘 토할 것 같은데요. 그렇군요. 걔네들은 언제든지 날 침몰시킬 준비를 하고 있는 것 같아요. 그래서 차라리 미래가 궁금해요. 어서 미래에 도착하고 싶어요. 두 사람은 빨래 더미에 무릎이 닿지 않을 정도로 마주 앉아서 거기에는 뭐가 있을 것 같나요? 쩌는 칵테일과 해변이 있겠죠. 잘생긴 강아지도 있고 쩌는 빌딩들도 있겠죠. 잘생긴 강아지와 몇 시간 동안 수영하고 돌아오면 저절로 몸을 씻겨 주고 머리를 말려 주는 기계도 있겠죠. 레이저검도 있으려나. 그건 왜요? 왜긴요 개새끼들이 찝쩍거리면 거길 도려내 버려야죠. 그 다음엔 그 구멍에다 다른 놈 머리통을 쑤셔 넣을 거예요 마치. 마치 켄타우로스처럼요? 아니요 인간지네처럼요. 그건 처음 들어 봐요. 그쪽은 어떨 것 같은데요? 글쎄요. 그건 내게 늘 이상하게 느껴져요. 떠올리려할수록 기억이 사라져가거든요 마치. 마치 비어 있듯이요? 그래도 하나는 확실한 게 있어요. 뭔데요? 그때나 지금이나 내가 도착할 곳이 없다는 거요. 왜 그래요. 잘 해결될 거예요. 사실이니까요. 그게 내가 선명

연약하고 비스듬히 쌓인 햇빛 바닷가로 줄지어 길게 날아가는 골목에 아이가 서 있었다. 아이는 티엔과 눈을 마주치고선 다시 뒤돌았고 새하얀 햇빛 속으로 들어선 아이의 얼굴을 보지 못한 티엔에게 큰 이모는 교도소에 가 있는 아들의 딸이라 아이를 소개시켜 줬다. 골목 서성이는 아이를 힐끗힐끗 지켜보며 세 사람은 국수를 삶고 손님 한 두어 명이 식탁에 낚시 모자를 올려 둔 채 창밖을 바라보고 숨소리는 모두의 얼굴 위로 흐르고 있었다. 틈 날 때마다 창 너머 아이에게 말을 걸거나 한 번씩은 골목으로 나가 놀아 주는 이모들의 장난에 말 없던 아이가 웃으면 티엔은 따라 웃었고 그러다 아이와 눈이 마주치면 눈 피했다. 맥주잔에 미지근한 맥주를 따라 놓고 거하게 기억하고 있는 유일한 일이거든요. 내전을 피해 두 달 가까이 사막을 헤매던 우리는 국경 수비대에 잡혀 여기로 보내졌어요. 이 여객선으로요? 아니요. 여기 이 시대로요. 무슨 소리인지 못 따라가겠는데요. 그러니까 내가 내가 온 곳과 가까워질수록 그곳의 기억들은 자연스럽게 없어지는 거예요. 어디서 오셨는데요? 난 미래에서 왔어요.

의 줄듯이 살아 있던 손님들이 떠난 자리에 앉아 아이가 오렌지맛 아이스크림을 먹을 동안 골목의 플라스틱 테이블에 둘러 앉아 쉬는 날에 다 함께 놀러가자고 작은 이모가 도시락을 싸 오겠다 말하니 큰 이모가 그럴 필요 없이 돈 주고 다 사 먹자고 좋아요 좋아 티엔과 작은 이모 박수 치고 좁은 벽 사이로부터 갈라져 와 세 사람의 손뼉과 얼굴 스쳐 온 노을빛에 물들며 아이스크림 다 먹은 아이는 아이도 모르게 바닥에 닿지 않는 두 다리 허공에서 번갈아 흔들거렸다. 그날 밤 티엔은 편지를 썼다. 받을 사람 없었지만 편지의 내용이 아닌 편지를 쓰고 있는 기억이 남아 이어지길 바라는 마음으로 오늘 본 것들을 적었다. 여관으로 돌아오는 길에 만난 친구에 대해서. 언제나 둘이 함께이다 오늘은 한 명이 되어 있던 친구의 걸음걸이와 서로를 위해 동시에 길을 비켜 주었을 때 걸음 멈춘 두 사람 사이로 거의 분명하게 지나가고 있던 시간에 대해서. 국숫집 골목 테이블에 적힌 낙서에 대해서. 처음 만난 아이의 운동화에 대해서. 여관에서는 오늘도 몇 사람이 끌려 나갔고 코 고는 소리 작아졌다. 약속한 날 두 이모와 티엔은 책방 앞에서 만났다. 아이는 없었다. 아이

의 어머니가 데려갔다고 했다. 골목 따라 줄줄이 늘어선 헌책방 둘러보며 막상 나와 보니 귀찮다는 표정으로 책 쌓인 길 걷는 두 이모 뒤를 따라가던 티엔은 두 사람의 뒷모습이 얼굴 보다 더 얼굴 같다고 여기저기 천막 쳐진 공사장에서 들려오는 파도소리처럼 파란 천막 흐르는 건물의 1층 빵집에서 빵을 고르고 셔터 틈으로 시끄러운 서너 개의 인쇄소와 3평 남짓의 문구점 지나쳐 바람에 휘날리는 두 사람의 스카프 지켜보다 보면 검은 빛깔 짙은 긴 머리칼의 쌍둥이 여성 둘이 롱코트를 입고서 긴 계단을 걸어 내려가고 있었다. 얼굴 마주하는 일은 별로 없이 코트 앞섶을 제쳐 하이웨이스트 바지 주머니에 손을 넣거나 코트 허리끈을 매만지면서 거리를 가볍게 내다보고 들키듯 발에 치이는 은행잎들 다리를 꼬고 길가에 늘어 앉아 커피와 차 마시는 사람들을 지나 각자 다른 곳을 바라보며 던지듯이 몇 마디를 대답하지 않아도 대답한 것처럼 물어보지 않아도 물어본 것처럼 걸어가는 두 사람 옆으로 언뜻언뜻 고요한 바다가 반짝이다 사라지고 다시 눈부시게 나타나 오래되어 갈라진 벽담으로 이어진 언덕길을 오르다 보면 두 사람의 팔이 닿을 듯 말 듯 간격을 미

끄러트리고 부숴 내고 이어 내고 정상의 공터에 다다라 가쁜 숨 다스리며 전망대 난간에 팔을 기대 나란히 서 있는 두 사람 뒤에서 쌍둥이 두 사람의 얼굴은 두 사람이 바라보고 있는 난간 너머의 모두 같다고 티엔을 향해 뒤돌아오는 두 사람의 머리숱이 햇빛처럼 새하얗게 흩어졌다. 세 사람은 공터 벤치에 앉아 낮에 산 빵을 나눠 먹었다. 빵도 골고루 먹어야 한다며 아들이 교도소에서 보내온 편지 이야기를 시작으로 작은 이모가 다니는 합창반 이야기와 어느 단골손님이 가장 오래된 단골인지 피난민 시절부터의 이야기를 들으며 티엔은 걱정해 주고 웃기도 하면서 주먹으로 무릎 두드리는 두 이모에게 자신의 이야기는 하지 않았다. 손녀 이야기 꺼내지 않아도 아이들이 주변을 뛰어갈 때면 아이들이 시야 밖으로 떠나갈 때까지 아이들에게서 눈을 떼지 못하는 두 이모는 헤어지는 길에 큰 이모는 아까 산 책을 작은 이모는 꽃 몇 송이를 티엔에게 선물했다.

해 저무는 가로수 이파리 사이로 여러 배들이 떠다니고 바다와

같은 푸른 채도에 잠긴 공터의 구석에서 해군군복을 입은 남자가 나

침대 끝에 걸터앉아 스웨터를 벗는 사람이 있었다. 커튼 틈으로 창밖의 불빛 허리춤부터 양손으로 파란색 스웨터 뒤집으며 살색 살결 위로 속옷 자국 머리칼 붙은 목덜미 어깨선 날개 뼈 근처 미세한 두드러기 커피 묻은 이불보 클랙슨 소리 뒤통수 지나가는 불 꺼진 침실의 그늘 양 손목에 스웨터 끼워 둔 채 가느다란 숨소리 따라 흔들리는 어깨선 침대 끝에 걸터앉아 스웨터를 벗는 사람이 있었다. 허리춤부터 양손으로 파란색 스웨터 뒤집으며 살색 살결 위로 속옷 자국 어깨선 머리칼 붙은 목덜미 날개 뼈 근처 미세한 두드러기 커튼 틈으로 창밖의 불빛 묻은 이불보 클랙슨 소리 지나가는 불 꺼진 침실의 그늘 양 손목에 스웨터 끼워 둔 채 가느다란 숨소리 따라 흔들리는 침대 끝에 걸터앉아 스웨터를 벗는 사람이 있었다. 커튼 틈

226

팔 연습하고 있었다. 서툴러 엉망진창인 나팔 연주 주위로 수학여

행 온 학생들이 쏘아 올리는 폭죽 불꽃들 시시하고 아름다운 밤 공

원에 바람은 언덕을 헤매어 난간의 철조망 흔들고 빨려 들어가다시

피 바다와 하늘을 섞어 낸 어둠처럼 표정을 잊은 얼굴들이 여기저기

으로 클랙슨 소리 허리춤부터 양손으로 파란색 스웨터 뒤집으며 머리칼 붙은 이불보 어깨선 목덜미 근처 미세한 두드러기 커피 묻은 살색 살결 위로 화상 자국 창밖의 비행기 불빛 지나가는 불 꺼진 침실 양 손목에 스웨터 끼워 둔 채 가느다란 숨소리 따라 흔들리는 뒷모습으로 스웨터를 벗는 사람. 허리춤부터 양손으로 파란색 스웨터 뒤집으며 바다 위로 배가 나아간 자국 머리칼 붙은 목덜미 어깨선 날개 뼈 근처 미세한 두드러기 커피 묻은 이불보 누군가 사라져 버리는 소리 불 꺼진 침실에서 침대 끝에 걸터앉아 양 손목에 스웨터 끼워 둔 채

여남은 어스름에 섞여 승객들과 승무원들 다 빠져나
간 여객선에서 마지막으로 내리며 하라는 갑판 둘러봤
지만 아직 캄캄해 갑판 위로 켜 놓은 불빛 청소복 입은
사람들 비추지 않았다. 수평선 너머로부터 서서히 구름
을 물들여 오는 새파란 빛살의 바람에 헝클어지는 머리
묶어 내며 몰스킨코트 위에 배낭을 한쪽 어깨에만 걸치
고서 길을 걷던 하라는 횡단보도 건너편에서 하라의 이
름을 불러오는 동료들의 손짓을 눈치채고는 그 자리에

서 택시를 붙잡아 선착장을 떠났다. 재미도 재수도 없는 놈들에게 눈길도 주지 않으면서 도착하자마자 가장 먼저 내린 선장은 또 죄 없는 딸 이름을 주기도문처럼 외우며 카지노에서 돈 잃고 있겠지 자신이 이미 딸 인생에서 완전히 삭제된 줄도 모른 채 가족이든 친구든 누구든 주기적으로 전화를 받아 안부를 주고받으면서도 상대를 자기 삶에서 제외시키는 방법을 하라는 알고 있었다. 여전히 새파란 택시 차창으로 졸고 있는 사람들이 가득한 버스가 지나가고 두터운 외투 속으로 눈 감아 고개 숙여가는 노인들의 얼굴을 바라보다 미래에서 왔다던 사람의 얼굴이 떠오른 하라는 그 사람이 미래에서 왔다고 고백했을 때와 웃어 보이며 농담이라고 했을 때 들었던 기분을 곱씹어 보았다. 미안해요 그런 내용의 소설을 읽고 있었거든요 이어 실없는 농담들 나누는 새 잊어버리고 말았지만 어디에서 왔든 그 사람은 내릴 수 있는 곳 없었다. 눈길이 닿을수록 아무 소리 들려오지 않는 버스 안의 할머니들을 눈감아 내고 목욕탕에서 샤워 물 대충 끼얹고서 온탕에 들어가 누운 하라는 이마 위에 따뜻하게 적신 수건 올려 둔 채 장 볼 거리 생각했다. 감자 다져진 고

눈이 내리고 있었다. 하라는 국숫집에 앉아 있었다. 문을 등지고서 앉아 있는 하라보다 늦게 들어와 국수를 다 먹은 후 말없이 창밖을 지켜보던 손님 두어 명이 가게를 나가고 나서도 하라는 팔짱 끼듯 테이블에 양팔 얹어 둔 채 앉아 있었다. 창 흔드는 바람 소리 한 팔을 비스듬히 세워 턱을 기대고 있던 하라 곁으로 야채 볶는 냄새와 함께 회오리 돌고 라디오에서 나오는 가요를 흘려들으며 어떤 음악은 정말로 좋은 음악은 듣기 너무 좋아서 죽고 싶어진다고 말하자 국수를 내온 하라의 어머니가

기 태국고추 시금치 양파 카레 저지방우유 냉동피자 맥주 또 어떤 사람 얼굴이 잘 보이질 않는 희미한 어떤 사람 뿌옇다시피 막연한 몸짓과 목소리가 들리지 않는 어떤 사람 식당에서 바다를 바라보던 버스에 앉아 잠들어 있던 복도에서 길을 비켜 주었던 사람들처럼 곧 다시 기억 저편으로 사라져 버려 장소와 함께 거의 영영 떠오르지 않을 어떤 사람, 추위와 긴장으로 경직되었던 몸이 따뜻한 물에 녹아내리며 물 아래로 아주 멀리 흘러내려 가고 힘 풀린 눈꺼풀 위로 목욕탕 천장에 맺혀 있는 물방울 가리어져 갔다.

하라의 등짝을 때렸다. 말이 그렇다는 거지 진짜 죽는다는 게 아니라 음악이 이끌어 낸 어느 다른 차원으로 도망가 버리고 싶어진다는 하라의 말을 더 듣지도 않고서 어머니는 골목으로 나가 길고양이들을 가게 안으로 들였다. 하라는 바람을 호 불고서 그릇을 들어 국수의 국물부터 마셨다. 골목으로 날아오는 가벼운 눈발 가운데서 아직 못 들어온 새끼 길고양이들 품에 껴안아 들고 고양이 밥그릇 챙기는 어머니 옆얼굴 너머로 어렴풋이 바다가 보이고 동시에 유리창에 비춰진 자신의 모습을 본 하라는 마저 국수를 먹었다. 가게를 나서려는 하라의 가방에 기다란 꽃을 꽂아 넣으며 대신 집에 좀 갖다 놓아 달라는 어머니의 부탁에 가방 밖으로까지 삐져나온 꽃을 본 하라는 이 꼴로 돌아다니다간 정말 너무 쪽팔려서 길 한복판에서 공황발작을 일으켜 기절하거나 졸도해서 넘어지다 뇌진탕으로 죽을지도 모른다고 어머니는 고맙다며 발로 툭툭 치대어 고양이 울음소리 가득한 가게 밖으로 하라를 내보냈다. 버스 정류장에 도착하자 맑아진 구름 위로 땅거미가 슬그머니 길고 가느다란 빛을 드리우고 깨끗해진 얼굴의 사람들 발걸음 느긋해져 시간이 천천

히 흐르고 있는 것 같았다. 읽고 있는 소설에서 미래는 어떤데요? 정말 궁금해요? 어차피 다 가짜인데. 네 궁금해요. 미래라는 건 어차피 처음부터 가짜인 거잖아요. 재밌는 거 없어요? 미래에선 옛날 사람들의 기억을 재생해요. 어떻게요? 죽은 사람들의 뇌에서 뽑아 낸 이미지의 파형이 담긴 아주 조그마한 칩이 있어요. 그걸 이렇게 관자놀이에 갖다 붙이면 뇌파를 진동시켜서 머릿속에서 펼쳐지죠. 정말 생생해서 내가 그곳에서 그 사람으로 살고 있는 것만 같아요. 무슨 마약 같은 거예요? 비슷한 거 같아요. 사람들은 어딘가에 모여서 의자에 앉거나 땅에 누운 채로 짧게는 1초 길게는 40초 정도 되는 기억들을 몇 번이고 계속 재생하죠. 버스는 바다 위로 거대하게 뻗어 있는 고가도로로 진입해 가고 왼쪽 차창으로 해변의 길쭉한 빌딩들이 줄지어 나타나 구름을 통과해 온 햇살에 드러나듯 온몸을 반짝거리며 닿을 수 없이 유려한 해변과 그래픽 같은 빌딩들을 지나 바다 위로 휘어진 고가도로를 오르는 버스 창으로 바다와 하늘 사이 눈부시게 비어 있어 바라볼수록 자기 자신도 그렇게 비워져 숨을 쉴 수도 없이 지금 이곳에서 완전히 없어져 버리는 느낌 가운데

반대편 차창으로 주홍빛이 번져왔다. 고개 돌려보면 꽃이 담긴 가방. 온통 노을빛으로 물든 뒷모습의 승객들. 탄성처럼 빛이 폭파하는 버스 안에서 언제인가 본 것 같은데 이렇게 노을빛으로 물들어 여러 손짓으로 웃고 떠드는 사람들 그게 언제이고 그게 누구인지 눈을 감아도 퍼져 오르는 노을 속에서 유려한 해변과 그래픽 같은 빌딩들을 지나 고가도로를 오르는 버스 창으로 바다와 하늘 사이 가짜처럼 비어 있어 바라볼수록 자기 자신도 그렇게 비워져 숨도 쉴 수 없게끔 지금 이 순간 자체가 완전히 소멸되어 버리는 느낌 가운데 반대편 차창으로 주홍빛이 번져 왔다. 고개 돌려 보면 꽃이 담긴 가방. 온통 노을빛으로 밝혀진 뒷모습의 사람들. 비명처럼 빛이 폭파하는 버스 안에서 언제인가 본 것 같은데 이렇게 선명하게 나타나도 지워지는 사람들 그게 언제이고 그게 누구인지 눈을 감아도 퍼져 오르는 노을 속에서 유려한 해변과

그래픽 같은 빌딩 지나 고가도로 오르는 버스 창으로 바
다와 하늘 사이

그 배경은 놓여 있는 자체로는 투명할 수
도 어둠이라고도 부를 수 없어, 우선 베이
스가 공간의 깊이를 나타내며 등장해 첫
번째 테마를 제시하는데 여기서의 선율은
한 위치에서 다른 위치로까지의, 이를테
면 길이랄지 궤적이랄지 동선이 이어지는
움직임이라기보다 한 자리에서 여러 위치
로 퍼져나가는 하나씩의 자리에서 같은
자리에 계속 상처를 내는 진동에 가깝고
그런 반복, 이를테면 공간의 맥박, 신음이
라 부를 음향이 여덟 대까지 불어나는 베
이스들로 점점 더 무거워지며 지속될수록
배경의 명암비가 자연스레 높아져 간다.
이어 첼로가 여전한 24마디 테마의 반복

안에서 여기저기 지엽적으로 상처받은 부위들을 길고 짧고 두껍고 가늘게 가로질러 이어 내며 근육처럼 공간의 입체와 부피감을 끝없이 늘려 가는데 점차 어떤 형상, 거의 바다와 같은 너비로 캐논의 윤곽이 나타나기 시작하면, 곧 비올라로 인해 고조되어 피부가 조직되고, 세포마다 생기가 돌 만큼 감정적이라 할만치 자극적인 음향의 바이올린까지 합세해 마침내 완성된 캐논의 형식은 거대한 공간이 되어 움직인다. 이제 배경은 거의 보이지 않는다. 숨이 멎게끔 장엄하게 건축되는 음향이 첫 번째 절정부에 다다를 때 악기들의 음정에게서, 보다 정확히는 음정의 서

사에게서 의도적으로 탈락시키지 않은 감정들이 새어 나와 소리가 채우지 않은 모든 위치까지 점령하고, 뚫려 있다시피 하늘 높이까지 기도의 이미지를 빌려 거짓된 숭고함으로 차올라 하늘을 무너뜨릴 듯이 솟아오르는 건축물은 자신이 어디서 나타난 것인지 알 수 없다. 땅에서 시작된 것인지 열려 있는 하늘로부터 시작된 것인지. 그리고 피아노의 한 음. 무너지는 기색도 없이 건축물은 사라진다. 피아노의 한 음. 검정. 피아노의 한 음. 인공의 어둠 속에서 진동하는 건축물의 유령. 피아노의 한 음. 터널을 빠져나오는 기차의 유리창 안에서 샨츠가 나타난다. 이어폰을 끼고 샨츠는 자신의 흐릿한 얼굴 바깥과 안쪽에 동시에 존재하는 풍경을 바라본다. 밤을 가로지르는 강이 흐르고 수많은 불빛들의 보정으로 샨츠의 얼굴 위에서 대교가 건설되고 있었다.

있죠, 있지? 한 번도 개와 산 적 없는 샨츠가 자주 꾸는 꿈은 함께 사는 개에게 밥 주는 일을 잊어 집에 돌아왔을 때 굶어 죽은 개의 시체를 마주하는 꿈이었다. 길게 입을 벌려도 소리 나질 않는 비명을 지르며 일어나 두 손으로 얼굴을 감싸면 더러운 여드름이 터졌다. 한 번도 개와 산 적 없는 샨츠는 처음 만나는 이에게 이렇게 이야기를 시작할 때가 있었다. 코죠는 내가 열두 살에 떠났어요. 코죠는 보더콜리와 무언가의 잡종이었죠. 여름성경캠프에서 집으로 돌아오는 길에 운전석의 엄마가 코죠가 지금 많이 아프다고 말했어요. 나는 예수님을 위해 찬송가를 불렀는데 그분은 나에게서 코죠를 뺏어가려 하고 있었죠. 차 문을 열고 계단을 뛰어 올라갔던 기억이 나요. 코죠가 할머니 의자에 웅크려 앉아 잠들어 있었죠. 그 자주색 꽃무늬 쿠션 위에서. 내 울음소리가 감히 그 빈약한 숨소리를 방해하지 않도록 입을 틀어막으면서 나는 코죠를 쓰다듬지도 스치지조차 못했어요. 옷도 갈아입지 않고 그냥 코죠 앞에 주저앉아 기도하기만 했죠. 시간이 얼마나 지났는지 새벽에 눈을 뜨니 코죠가 눈을 뜨고 나를 바라보고 있었어요. 수면무호흡증을 앓고 있는 아버지의 코골음이 무너뜨리는 어둠 속에서 코죠가 딱 한 순간 단 한 번 그 까맣고 지친 눈으로 모든 소리와 온 어둠을 정지시키며. 이제 시간을 깨달았다는 듯이. 나를 바라보다 다시 눈을 감고 그렇게 떠나갔죠. 아멘. 또는, 코죠가 당신을 기다렸나 봐요. 상대가 대답해 올 때, 카페에서, 술집에서, 파티에서, 침대에서 샨츠는 혀끝부터 앞니를 지나 입술 밖으로 흘러나가는 목소리의 진동을 느끼는 동시에 지금 자신의 목소리를 지켜보고 있는 사물들의 고요에 공포를 느꼈다.

왜? 저음, 고음, 저음, 고음. 북서부 대표 유소년 농구 팀을 가리는 결승 경기에서 샨츠는 3쿼터 내내 벤치에 앉아 있었다. 선발로 뛰는 오브리가 온종일 공을 놓쳐도 감독은 샨츠를 교체하지 않았다. 20점 가까이 점수 차가 벌어졌을 때, 코트 멀리 라커룸과 이어지는 복도에서 걸어 나온 경찰 둘이 벤치 뒤로 다가와 코치와 감독에게 뭐라 속삭였고, 또 다른 예비 포인트가드 마리아가 벤치에서 일어나 경찰들과 함께 농구장 밖으로 걸어 나갔다. 그 소문이 사실이었나 봐 샨츠는 이제 곧 무슨 일이 일어날 것임을, 자신에게 닥쳐올 기회 그토록 오래간 기다려 온 바로 그 순간이 마리아의 희미한 흐느낌을 타고 흘러오고 있음을 알았다. 얼굴을 마주하진 않아도 옆에 함께 앉아 있는 만년 예비 선수 소라가 샨츠의 왼손을 잡아 줬다. 영혼까지 털려 거의 흰자위만 보이는 오브리가 하프라인 근처에서 혼자 발을 접질려 코트에 뒹굴었다. 등 뒤 홈팀의 관중석에서 누군가 붐박스로 틀어 놓은 저스틴 비버의 노랫소리가 들려왔다. 말 그대로 샨츠는 세계가 움직이는 것을 느낄 수 있었다. 농구화가 벗겨진 실내 농구코트, 경찰차가 주차된 교정, 바람이 멈춘 거리와 별빛의 갈래로 여름이 터져 나가는 이 시골 너머 이 온 것들을 전부 포괄하는 저 막연한 멀리서부터 심장 바로 앞까지의, 세계 그 자체가 샨츠를 중심으로 뒤틀리고 갈라지는 소리를 내고 있었다. 토너먼트 내내 샨츠에게 눈길 한 번 주지 않던 감독이 샨츠를 향해 고개 돌렸다. 오, 빛이 나 민머리 코치가 고개를 끄덕이고, 소라의 손아귀에서 땀이 차가워졌다. 농구공이 바닥에 달라붙고 다시 튀어오르고 달라붙고. 바지 주머니에 넣어 둔 손을 꺼낸 감독이 오른손을 들어 샨츠를 가리켰다. 오너먼트 크리스마스 지나도 전구 달린 나뭇가지 사이 부드러운 코너 돌아 차들이 휘어져 오는 도로를 내려다보고 있으면 오늘 며칠이지 거울 속으로 미용사가 걸어오고 분무기가 머리칼을 적셔 올 때 샨츠는 무엇인가를 희망하게 된, 그토록 기다려 온 기쁨을 붙잡는 바로 그 순간부터 가파르게 멸망해 가던 날들을 떠올렸다. 차갑게 적셔져 눈앞까지 가려진 머리칼로 남들도 그럴지 어깨 은근히 넓네 매일매일 기쁨만이 그렇게 몇 달을 보낸 적도 있었다. 몇 년은 커다란 기분을 피해 작은 감정들의 밸런스를 맞춰 가며 조심스레 살아갔고 그렇게 어느 날 식탁에 기대 맨발에 달라붙은 과자 부스러기를 떼어내며 이제 조금 삶을 다룰 수 있게 된 것 같다고 생각했을 때 안전해 안전해 그것이 엇박자로 찾아와 두 배, 열 배로 엿 먹이고 울음처럼 간지러운 살냄새 콧잔등 위로 머리칼 흩날릴 동안 재채기 나올 것 같아 샨츠는 미용사, 또 다른 미용사, 스탭, 손님, 친구들이 여기 어디에서 몰래 섹스할지 상상했다. 파마약 냄새와 함께 머리칼이 군데군데 붙어 있는 몸들로, 애써 만진 머리가 망가질까 조심스러울지 어디서부터 어디까지 벗고서 의자에 계산대에 샴푸베드에 올라타 5단 카트의 도구들을 밀어내거나 이용하면서 펼쳐 내 한꺼번에 다 닿으려는 손 여러 살결을 헤치고 키코 립밤이 묻어나는 입술들로 지금 샨츠는 다섯 명이서 하고 싶었다. 여기 이렇게 흐르고 있는 흐른다기보다 그냥 존재하는 음악 곁에서 이토록 구린 음악은 오히려 시간을 부술 수 있어 남몰래 좆같이 꿈꿔지는 희망보다도 더 좆같으니까 그러다 문이 열리고, 바람이 닿기도 전에 눈 아래 대어 둔 가위에 맺히는 눈물. 또르르 머리카락 들어갔어요? 샨츠가 거울 앞에 놓인 티슈를 뽑아 쏟아지는 눈물을 닦아내자, 미용사가 한걸음 물러나 기다려주는데 몇 번을 더 닦아내도 티슈는 젖지 않았다. 차갑게 다시 눈가에 머무는 가위의 감촉 환각처럼 잘려나가는 앞머리칼 고개 숙여 주문번호표를 쥐고 새벽의 맥도날드에 앉아있던 뒷모습부터 저항할 새 없이 샨츠는 그를 떠올렸다. 볼캡 쓴 뒤통수 옆으로 삐져나와 있는 광대뼈와 뭉개진 발음의 목소리 얇은 콧잔등 너머로 보이던 메타세쿼이아 초록빛 케밥 간판 창안에 마주 앉은 꼬마들 고개 들면 저들 모두 이해하고 있을 거라, 방금 상상으로 떡치던 미용사와 어시스턴트는 물론 또 다른 그 누구 한 명 예외 없이 사실은 다들 샨츠 이상으로 삶을 이해하고 있을 거라고 오만하지도 겸손하지도 않은 좆같은 노래처럼 샨츠는 생각했다.

이런 옆에 앉자마자 노인의 냄새가 신경 쓰였는데 뭐였지 노인은 며칠 전 중고옷가게 안에 들어온 다친 새를 주워 보살피고 있다는 이야기를 이어 가고, 볼링핀 모양 간판 지나 창밖에서 햇볕이 깎여 들어오는 방에 둥그렇게 둘러앉아 샨츠는 머릿속으로 노래를 흥얼거렸다. 가사 없이 두 마디 음계 반복하면서 망원경, 야구장? 악기조차 제대로 떠올리지 못해 이대로 그 노래의 정체를 알아내지 못한다면 별 수 없이 전화 걸어 여보세요 여보세요? 뭐 해? 뭐 하냐고? 아니 잘 지내요? 왜 그래 무슨 일 있어? 아니 아니 그냥 노래 하나가 기억이 안 나는데 네가 들려준 노래 같은데 비행기에서였나 공원에서였나 그렇게 찾고 싶은 것이 노래인지 그인지 뭐인지 모르겠다고 샨츠가 말했을 때, 우리에게 그 노래를 불러봐 줄래요? 어쩌면 우리가 알아낼 수도 있잖아요. 건너편의 즈엉이 상처 난 얼굴을 들어 보이며 제안했다. 구름이 물러가자 샨츠를 향해 고개 돌리는 이들의 얼굴 곁으로 그들이 고개 돌리는 속도 따라 햇볕이 들어서고 부드럽게 모여오는 시선 사이사이 먼지들이 소리처럼 떠다니고 있었다. 중독자 모임에서 노래를 부르게 될 줄 상상해 본 적도 없지만 샨츠는 오늘 하루, 이들의 유일할 기대를 저버리지 못해 머릿속으로 흥얼거리던 노래를 입술 밖으로 꺼냈다. 하늘, 언덕, 전차 천천히, 감은 눈 밖에서 몇 몇 이들이 함께 흥얼거리는 소리가 들려왔다. 알 것 같은데. 옛날 위스키 광고노래 아니야? 이렇게 이어지는? 오렌지빛이랄지 멀리 혹은 가까이 거리감이 사라져 가는 흥얼거림의 품에서 샨츠는 눈알의 각막이 미세하리만치 전부 느껴지고 곧 하나하나 피 흘리며 각막을 뜯고 나온 여러 줄기의 실핏줄들이 눈알과 눈꺼풀을 꿰어 내 눈동자 안에서 타오르는 고통을 느꼈다. 왜 그래요? 괜찮아요? 나고야 울어요? 샨츠는 옆자리의 노인에게서 나는 냄새가 나고야 공항에서 맡았던 냄새라는 걸 깨달았다. 할아버지는 의자에서 떨어져 바닥에 주저앉아 흐느끼고 있었다. 비행기에서 내려 공항에 발을 들여놓자마자 맡았던 뭔가 짜고 달고 습한 골목, 아케이드, 전차. 공터 나고야 어느 곳에서나 순간이동처럼? 눈치채기도 전에 코 안 깊숙이 차올라 있던 냄새. 거의 뇌 속까지 절여져 노인은 수면제에 취해 소파에 앉아 있었다고 새소리에 깨어나, 다친 날개를 회복 중인 새에게 물을 주기 위해 자리에서 일어서자 파자마 왼쪽 엉덩이에 목이 꺾여 짓이겨진 새의 머리통이 달라붙어 있었다며 할아버지는 늙은 두 손을 웅크려 자신의 두 눈알을 뽑아 버릴 기세로 바닥에서 흐느꼈다. 나고야의 도로 한가운데 샨츠가 서 있었다. 그들을 감시 중인 먼지 사이에서 누군가 노인에게 물었다. 그런데 새소리는 어디서 들린 거죠? 머리 높이 도로를 둘러싼 공원의 풀빛이 빛과 바람의 부딪침에 쉼 없이 하늘 가까이 녹색으로 번져 오르는 횡단보도 한가운데 정확한 노래가 들려왔다. 제목은 모르나 모든 음계 별로 악기들 하나하나의 뉘앙스까지 분명하고 선명하게, 이미 심장 안에 들어와 있는 박동처럼 저기 횡단보도 건너편에서 샨츠에게 손짓하는 소라의 머리 위로 태양이 타오르고 있었다.

장소라는 두 개의 비

장소라는 선교사인 부모를 따라 유년시절 내내 이곳저곳을 떠도느라 극심한 정서불안과 우울증을 겪었는데 부모의 종교적 신념에 의해 전문의 상담을 한 번 받아 볼 수 없었다. 그렇게 몸소 하느님에게 고민을 상담하고 찬송가로 마음을 달래던 어머니는 소라가 열다섯 살 때 자살했다. 남편은 주위에 아내의 죽음을 자살이라 알리지 않았고, 장례식 이후 딸을 하와이의 사역본부에 입학시킨 채 혼자 중동으로 떠났다. 소라는 엄마가 진즉에 이혼을 하고 정신과 상담을 받았다면 지금쯤 둘이 가끔 전화 통화를 하거나 여행지를 걷다 보트에 마주앉아 담배도 나눠 피웠을 거라 생각했다. 그렇게 계속 대화를 나눌 기회가 주어졌다면 소라는 과연 자신이 어릴 때 하느님의 목소리를 들었다는 이야기를 엄마에게 했을까. 착시나 환각 등의 정신분열증상이 아닌 실제 하느님의 목소리를 밤마다 들었던 이야기를, 그토록 원했으나 한 번도 하느님의 존재를 느끼지 못한 엄마에게. 소라는 자신하지 못했다. 그러나 언젠가 아빠가 죽는다면 그의 무덤 앞에서 가래를 뱉듯이 말할 거라고. 아빠는 구원, 박애, 믿음 따위와 상관없이 그저 씹창난 외모 콤플렉스로 인해 자신을 예수와 동일시하려 드는 흔한 정신병자였을 뿐이라는 말과 함께. 소라는 거기까지만 알 수 있었다. 막상 그때가 오면 그런 말을 속삭임으로조차 꺼내지 못하리라는 것까지. 고교 진학 후 소라의 정서불안은 더 심해졌고, 하느님의 목소리를 잊기 위해 하루 종일 이어폰을 빼지 않는 소라에게 누구도 말 걸지 않았다. 그러던 가을학기 점심시간에, 시디플레이어 건전지가 바닥나 사람을 피해 필사적으로 노랫말 중얼거리며 교정을 떠돌던 소라는 처음 보는 얼굴들과 처음 보는 몸들의 움직임 앞에 멈춰 섰다. 흔들리는 근육 따라 살갗의 그을림 위로 땀방울 흐르고 몸속 깊은 살 냄새가 젖은 이들의 머리칼 한 올 한 올을 타고서 날씨보다 커다랗게 코

앞에서 터져 오는데 소라는 더 이상 노랫말을 흥얼거리지 않았다. 같은 듯 희미하게 변화하는 동시에 거의 아무 의미도 풍기지 않으며 계속해서 반복되는 농구공 소리가 소라의 온 세포에 닿아 왔다. 그날 밤 책상에 앉아 소라는 창밖에 내리는 비를 지켜보다 앉은 채로 잠들었다. 창문 앞에서, 소라가 발 딛은 바닥으로부터 빗소리가 솟아올랐다. 소라를 지나 빗방울이 천장으로 떨어지며 수천 가지의 원을 그려 내고 있었다.

모임이 끝나고 계단을 내려오며 즈엉은 헤드폰을 끼고 샨츠를 돌아봤다. 아 우산 샨츠는 껌을 꺼내 씹으면서 가족과 삶을 잃은 이들의 옷깃을 물들이고 떠나가는 경찰차 불빛을 지켜봤다. 껌 먹을래? 아니요 후드와 볼캡 뒤집어쓰고 지하철역까지 둘은 함께 걸었다. 즈엉은 금요일마다 글쓰기 워크숍에 간다고 말했다. 샨츠가 즈엉에게 무슨 글을 쓰는지 묻자, 즈엉은 미래로맨스소설을 쓰고 있다고. 샨츠는 웃었다. 비웃음이었지만 오늘 처음으로 본능적이고 어떤 순수한 감정이 섞여 있었다. 개새끼 너 때문에 죽된 사람이 몇인데 즈엉은 글쓰기 모임 장소와 시간을 알려 줬고 거기 사람들은 괜찮아? 거기도 슬픈 사람들만 모여? 아뇨 아마 담배 한 번 안 해 본 사람도 있을 걸요 그래? 그래도 좀 상상이 잘 안 돼 글 쓰는 거요? 아니면 담배 한 번 안 해 봤다는 거? 둘 다 근데 너 음대 붙었다며 가끔 헤드폰에서 관현악 튀어오를 때면 그들은 말을 멈추고 얘도 참 좋같은 거 듣네 습관대로 담배를 찾다 빈손으로 안 가려고요 가면 또 생활비 때문에 다크웹에 들어가게 될 지도 모르는데 쥐새끼들처럼 비 맞으며 걸었다. 마스크 써도 오줌 냄새 지리는 지하도로 내려가 플랫폼에 서서, 이제 어디에 갈지 저녁은 뭘 먹을지 대화하면서 그들은 그들의 삶이 완전히 회복될 수는 없다는 걸 알았다. 어쩌면 영원히. 아까 잘 가라고 인사를 했나? 세 정거장 지나 빈 좌석에 앉아 샨츠는 숨을 고르고 이어폰을 꺼내다 도로 가방 안에 집어넣으며 창에 이마 기대, 지하철의 속도가 다시 처음부터 차오르는 소리를 들었다.

파란 풍선을 바라보는 멍청한 고양이. 호박색 사백 안의 멍청한 턱시도 고양이. 포르쉐 배기음과 같은 소리로 골골거리는 고양이. 하스의 행복을 위해서 샨츠는 자살도 할 수 있었다. 하스의 눈높이로 누워 하스의 멍청한 눈과 하스의 바보 같은 입꼬리를 하루 종일 마주 보고 있을 수 있었다. 새파란 새벽 고장난 침대에 잠들어 있는 하스를 깨우지 않기 위해 숨을 멎을 수도 있었다. 매일 전봇대에 기대서서 악보를 읽던 애가 있었어 샨츠는 달리기를 끝내고 벤치에 앉아 인스타그램을 둘러봤다. 마요르카나 시칠리아로 휴가를 떠난 인간들. 리미널 스페이스 이미지를 도배하며 외로움을 꾸며 내는 남자들과 오래전부터 업데이트가 멈춰 있는 친구들. 납골당 또는 무덤, 구치소에서. 날씨는 어떠니 잘 지내는지. 그리고 방금 도착한 엄마의 메일. 샨츠는 휴대폰을 껐다. 다시 달릴지, 아니면 지금 읽어 버리고 걸어, 걸으면서 읽어 읽다 버스에 깔려 대가리가 깨져. 다시 달릴지. 다리의 감각이 뇌와 함께 타들어가 버릴 때까지. 등 뒤에서 스케이트보드 타는 친구들이 자빠지고 웃는 소리가 들려오는데 두 손으로 감싼 얼굴 안에서 샨츠는 시간이 별처럼 흐느끼며 찢어지는 것 같았다. 일어나 달려온 길을 걸었다. 밤공기 속으로 두 발을 번갈아 놓으며 뒷목부터 종아리, 발목까지 땀 식은 자리로 숨을 마비시키듯이 닿아오는 죄책감을 감당했다. 가끔 마주 달려오는 남자들이 샨츠의 옷차림을 보곤 눈짓으로 인사해올 땐 그리고 어느 날 디제이 부스에 개가 서 있었지 무시하려다가도 사복경찰인가 싶어 턱 들어 보여 응답했고, 곧장 고개 숙여 씨발 수치심 악물었다. 가로등들 고장 나 주말마다 꼬마들이 술판을 벌리는 어둔 구역에 들어서서, 샨츠는 잠시 멈춰 서 있었다. 마치 비가 내리듯이. 수풀 사이 달빛 같은 잔향으로 말발굽 소리를 이어 내며 갈색 말 두 마리가 들판을 가로질러오고 있었다. 눈을 치켜뜨거나 고개 들지 않아도 그들은 밤을 이기고 있었다. 단지 존재만으로. 다가올수록 더 장엄하게 걸음마다 천천히 어둠을 짓밟으며 마침내 샨츠를 지나 늙고 똥냄새 풍기는 말 두 마리가 마부의 인도 따라 멀리 걸어 나갔다. 삶은 늘 샨츠에게 두 가지를 동시에 요구했다. 바라는 모든 것을 아주 깊이 희망할 것. 무슨 일이 있다 한들 절대 아무것도 희망하지 말 것. 마차가 떠나가고 또 다시 어둠을 가르며 스포츠고글까지 쓴 십 수 명의 사이클 무리가 저 언덕 꼭대기서부터 내려와 샨츠를 지나갔다. 아주 긴 리듬으로. 불빛에 치여 샨츠가 길바닥에서 소리 없이 터져 나갔다.

우체통에서 꺼내 온 고지서 중에는 교향악단의 노조에서 온 편지도 있었다. 힘껏 뛰어 아슬아슬하게 버스에 올라탄 샨츠는 손잡이를 붙잡고 서서 편지를 읽었다. 분기마다의 경쟁 시스템으로 단원들이 갈려 나가고 있으니 경쟁 없는 정년 보장이 이뤄질 때까지 파업하겠다는 내용이었다. 샨츠는 그 피도 눈물도 없는 경쟁 시스템을 처음 만들어낸 상임지휘자이자 모르핀 중독자의 비서로 일했었다. 연금만 빨아먹는 능력도 열정도 없는 버러지들이라고 그는 입버릇처럼 말했고, 실제로 경쟁 시스템 도입 이후 악단의 수준이 몇 단계나 더 뛰어오르긴 했다. 환해 버스의 왼편에서 아마색 햇볕이 들어섰다. 힙합을 들으면서 이어폰 밖으로 삐져나오는 드럼비트들 색 빠진 핑크빛 머리의 여자가 햇빛 속으로 창밖을 바라보며 앉아 있었고, 샨츠는 서재에 목매달려 있던 지휘자를 떠올렸다. 리놀륨 바닥으로 미끄러져 튀어오르듯 뒹구는 햇빛 밟으며 달려오는 구급요원들의 운동화. 지휘자가 들것에 실려 가고. 무슨 소리가 들렸었지? 핑크색 머리의 여자가 샨츠를 향해 고개 돌렸다. 샨츠의 덜 마른 머리칼에서 물방울이 핑크색 머리 여자의 어깨 위로 떨어져 내리고 있었다. 샨츠는 사과하고, 다시 고개 돌린 여자는 가방에서 휴지를 꺼내 샨츠에게 건네줬다. 설마 닦아 내라는 거야? 샨츠가 휴지로 여자의 어깨를 닦으려하자 여자는 손가락을 들어 코를 가리켰다. 샨츠의 코에서 피가 흘러내리고 있었다.

샨츠가 정수기 앞에서 피 묻은 휴지를 코에서 빼낼 때 처음 왔어요? 검은 후드를 뒤집어 쓴 남자가 물었다. 이 새낀 무슨 해커야? 여기가 글쓰기 워크숍 하는데 맞아요? 맞아요 난 장 쑤안이에요. 뭐 써 왔어요? 안 써 왔는데 아무것도. 누가 봐도 그냥 존나 백인인데 나는 어제 거리에서 본 칸왈카르 센세에 대해 써 왔어요. 얼마나 뚱뚱하던지 나는 그저 센세가 나를 향해 다가오는 모습을 바라보는 것만으로도 압도되었어요. 센세는 살이 찐 게 아니에요. 이 지상에, 아니 지상이라는 좌표로는 그를 담을 수 없어요. 그 부피가 마치 3차원을 넘어서 있는 것 같았는데, 막 시공간의 축들을 살로 터트리고 넘나들고 있는 것 같았는데, 아무튼 그분은 그냥 처음부터 그 상태로 제 눈앞에 현현하신 거죠. 좆같은 말하면 못 써요. 이번엔 진짜 동양인 남자가 와서 장 쑤안을 타일렀다. 미친 개잘생겼어 오윤이라 이름을 소개한 남자는 자신이 워크숍의 임시 반장이며 선생님이 곧 오실 테니 여기 놓인 의자 중 아무데나 앉으라 권했다. 이윽고 각기 묘하게 우울한 사람들이 더 들어서고, 모두가 선생님이라 호칭하는 칸왈카르 씨까지 도착하자 글쓰기 워크숍이 시작됐다. 대충 각자 써온 글들을 발표하고 같이 읽고 의견을 나누는 방식이었다. 쪽지도 있었고 일기도, 편지도, 소설도, 마트 영수증에 끄적인 시도 있었다. 오가는 의견 중 샨츠는 어떤 이야기들은 재밌게 들었지만 어떤 이야기들은 너무 느끼하다고 생각했는데 개소리와 느끼한 소리 중 뭐가 더 듣기 힘든지 혼자 저울질해 보다 대화를 놓쳤다. 샨츠가 다시 다른 이들의 대화에 집중했을 때에는, 오윤이 맑고, 피부때문인가? 잘생기고 맑아서 느끼함이 조금 희석되는 얼굴로 이미지와 사운드의 매체가 없던 시대를 떠올려보라 말하고 있었다. 책이 말 그대로 우리가 다른 세계로 진입할 수 있는 유일한 입구였던 시절이요. 우리는 글을 쓸 때 그런 시대를 떠올려야 하지 않을까요. 그럴 필요는 없다고 단칼에 그러나 오윤에게 상처가 되진 않을 타이밍에 칸왈카르 선생이 오윤의 말을 잘라내곤 말을 덧붙였다. 우선, 다들 생각과 감정을 꾸며 내지 말고 본인들의 진심이 무엇인지부터 잘 알아보세요. 여러분이 쓰고 있다는 이유만으로 여러분이 지어내는 글이 여러분의 마음이라 믿지 마시고요. 샨츠는 형광등에서 퍼져 오는 고주파 소리를 들었다. 아주 어릴 때, 샨츠는 그 소리를 자기만 들을 수 있는 건 줄 알았다. 초능력과 같이 전자 기기들이 자기에게만 건네 오는 말들일 거라고, 모두가 잠든 밤이면 눈 감아, 공간처럼 흐르고 있는 정적에 집중하여 고주파와 저주파가 언어가 되어 들려오길 기다렸다. 알고 보니 모두가 들을 수 있는 소리였지 가만히 형광등을 올려다보는 샨츠에게 칸왈카르 센세가 처음으로 말을 걸어왔다. 어떤 글을 쓰고 싶나요? 샨츠가 대답했다. 그냥 편지에 답장을 쓰고 싶어요.

색 빠진 핑크빛 머리의 비걸

버스에서 에슬렘은 유튜브로 레드불 비씨원 경기를 봤다. 671 대 인디아. 4강에서 두 천재 비걸이 겨루고 있었다. 에슬렘이 그 대회에 나갈 수 있을 확률은 거의 없었다. 영원한 우상이자 전설 아유미를 보며 매일같이 연습해 왔고 이제 좀 탑락과 스타일에 에슬렘만의 길이 생기고 슬슬 이름도 알려지고 있었지만 에슬렘 바로 다음 세대에서 너무, 정말 너무 너무한 천재 소녀들이 세계 곳곳 줄줄이 나타났다. 갑자기 여기저기서 나타나 15, 16살 나이에 국제대회를 휩쓸고 다녔다. 이 아이들은 에슬렘이 몇 년을 걸려서 얻은 감각들을 한 달 안에 흡수해 버리는 것 같았다. 리듬감, 탄력, 음악성, 그들에 비해 자신은 춤을 위해 타고난 것이 단 하나도 없다고, 노력의 가치를 믿지만 진심으로 그것을 추구해 왔지만 앞으로 자기가 세계무대에서 두각을 나타낼 가능성은 없다고, 아무리 생각해 봐도 무리. 그래도 에슬렘은 버스나 지하철, 식당, 카페, 아르바이트로 일하는 출판사에서 틈날 때마다 대회 영상을 찾아보며 동작들을 머릿속에 암기했다. 버스가 코리아타운에 도착했다. 에슬렘은 버블티 카페의 지하 연습실로 내려가 케이팝 팬들과 인사하고 함께 몸을 풀었다. 군무를 맞춰 보는 케이팝 팬들 곁에서 이어폰을 끼고 혼자 탑락을 고 다운을 풋워크를 아직 한 번도 성공해 본 적 없는 에어트랙을 연습했다. 케이팝 팬들이 연습을 끝내고 이제 연습실을 비워 줘야한다고 말해 오면, 각자 아르바이트를 끝낸 비걸 친구들과 근처식당에서 모여 한국식 치킨을 먹었다. 그들은 함께 코리아타운을 걸었다. 촌스럽게 아름다운 불빛을 어지르며 그림 같은 한국어 간판들이 그들의 얼굴 옆으로 번져 올랐다. 별별 이야기를 떠들다가 가끔 고개 돌려 서로의 얼굴을 맞닥뜨릴 때면 폭죽처럼 표정들이 정말 가까워서 각기 다르게 하나하나 생기가 화려하리만치 넘쳐나는 이 모든 순간들이 어느 순간 한꺼번에 사라지리라 예감됐다. 그들은 1년 전 불고기식당에서 유튜브로 본 영상을 잊을 수 없었다. 중국의 여자 아이가 휴대폰 카메라로 찍은에어트랙 영상이었는데 그 누구도 이렇게나 완벽한 자세의 에어트랙을 여자가 할 수 있을 거라 생각한 적 없었다. 불판의 불고기도 잊고 다 같이 영상을 보던 그들은 그들에게로 너무나 커다란 빛이 펼쳐지는 것을 느끼는 동시에 그 커다란 빛에 휩싸여 그들의 미래가 소멸되는 것 또한 느꼈다. 뭘 이제 어떡해야 하지 요동치는 미래에 그들은 정신을 차릴 수 없었다. 악수와 포옹으로힙합인사를 하며 친구들과 헤어지고 에슬렘은 집으로 돌아가는 버스에 탔다. 버스 기사가 아까 낮에도 봤던 그 버스기사인지 잠깐 서로 눈을 마주치고 멋쩍게 인사하고, 빈 좌석에 앉아 아까 끝까지 보지 못했던 대회 영상을 이어 봤다. 1년 전 유튜브로 본 중국 여자아이가 지금 레드원 비씨 월드 챔피언쉽에서 준결승전을 치르고 있었다. 상대는 네덜란드의 열여섯 살 비걸 인디아. 인디아는 일곱살 때부터 춤을 췄다고 했다. 창밖이 새까맸다. 코리아타운을 벗어나 공원 숲이 울창한 미드타운을 지나 점점 줄어드는 건물과 불빛처럼 이제 이름도 필요 없어질 동네 쪽으로. 서서히 감겨 가는 속눈썹 기다란 눈으로 인적 고요한 창밖을 흘겨보던 에슬렘은 아까 자기 뒤에 서서 코피를 흘리던 여자를 떠올렸다. 괜찮나 이상하고 걱정하면서 그리고 그 순간을, 생긴 건 멀쩡해 보였는데 계속해서, 코피를 흘리는 여자와 여자에게 휴지를 건네주고 여자는 자기가 코피를 흘리는 줄도 모르고 휴지를 받고선 왠 미친년 보는 듯한 표정으로 에슬렘을 바라보던 그 장면을 계속해서 떠올리다 혼자 웃음이 터졌다. 이어폰에서는 라운드가 바뀌고 새 음악이 나왔다. 하차 벨 누르고 에슬렘은 슬링백 챙겨 매며 머릿속으로 내일 연습할 동작들을 되뇌었다.

샨츠는 메일을 읽었다. 짧았고 아마 그래서 울지 않을 수 있었다. 냉장고에 기대 앉아, 하스를 쓰다듬으면서 잠시 아무 생각도 하지 않았다. 손깍지에 차오르는 부드러움과 골골거림만이 주위 가득 아주 잠시. 바닥이 미세하게 울려오고 눈높이보다 높이 떠다니는 고양이 털. 지속되는 냉장고 진동, 베란다의 걸레 냄새. 식탁 위에 오렌지. 샨츠는 신체에서 삶이 잘려 나가는 기분을 느꼈다. 피가 흐르듯이 샨츠의 얼굴에서 표정이 지어지기도 전에 너무 빠르고 너무 많은 감정들이 흐느끼며 기억과 미래의 틈새에서 멸망하고 있었다. 샨츠는 존재할 필요가 없었다. 이 기분이 어쩌면 단순히 생리 탓일지 모른다는 것도 그게 아니어도 아마 잠시만 견뎌내면 아무 일 없었다는 듯, 슬픔과 우울의 연옥에서 빠져나올 수 있다는 것도 알았지만 샨츠는 그 이후에 더 존재하고 싶은 의지가 없었다. 그렇게 다시 샨츠 앞으로 멀쩡히 나타날 모든 미래에 아무 감흥이 없었다. 샨츠는 모든 희망에 미련이 없었고 혹여 모를 행복도 작은 기쁨조차 감당하고 싶지 않았다. 그저 끝나고 싶었다. 20대에는 막연하고 회피적인 갈망이었으나 이제는 정확하고 구체적인 이유들로 샨츠는 끝나고 싶었다. 투명하고 깨끗하리만치 그 마음에 의심이 없었다. 하스가 샨츠의 손등에 눈가를 비벼 왔다. 하스. 하스야 똥 쌌어? 뒤돌아 그가 말해 오고 그의 눈빛과 목소리가 뒤돌아 다가오기 직전에, 샨츠는 몰래 방귀를 뀌었다. 하스야 똥 쌌니? 언제 쌌어 그가 빈백에서 일어나 하스에게 걸어오며 거듭 물었다. 냄새 지독하네 뭘 먹은 거지 어디다 쌌어? 노트북 스피커에서는 아까 샨츠가 볼륨 높여 켜 둔 척 펄슨 에코잼 흘러나오고, 부엌은 창밖과 같이 자주색으로 물들어 있었다. 응? 하스야 하스는 무슨 일이 일어나고 있는지 알아보기 위해 주위를 두리번거렸다. 그가 온종일 하스의 똥을 찾던 그날 끝까지 샨츠는 모른 체했고 지금 갑작스레 그날이 떠오른 샨츠는 수치스럽게 울고 웃었다. 하스의 작은 콧구멍에서 흘러나온 숨이 샨츠의 손가락에 닿아왔다. 하스는 바보 같은 호박색 눈으로 샨츠를 올려다보고 있었다. 샨츠는 답장의 첫 문장을 떠올렸다. 있죠 엄마, 거장이든 좆밥이든 다들 대충 살아요. 아마 그대로 그렇게 적지는 않을 것이다. 샨츠는 냉장고를 열어 냉동실에서 아이스크림을 꺼냈다. 숟가락과 아이스크림을 식탁 위에 올려두고 가만히 서서 얼음이 녹길 기다렸다. 녹아서 슬슬 갈라지는 얼음의 결정. 씨발 샨츠는 아이스크림을 냉동실에 넣은 뒤 씨발 러닝화를 신고 이어폰을 꽂고 씨발 손목의 끈 빼내 머리 묶으며 밖으로 나가 7킬로미터를 달렸다.

엄마는 우파정당의 선거운동 피켓을 들고 거리와 전철역을 돌아다녔다. 이념과 상관없이 좌파정당들보다 아르바이트 보수가 높았고, 지원자 적어 제한연령대가 더 널널했기 때문이었다. 샨츠가 실업급여의 연장 심사를 받고 나오는 길에 학생 둘이 현관에서 높이뛰기 자랑하며 팔 뻗어 천장의 팻말을 건들고 있었다. 엄마는 거리에서 구호를 외치고 점심시간이 되면 다른 이들과 함께 사무실로 돌아와 말할 힘 없이 도시락을 받아먹었다. 가로수에 걸려 있는 풍선 두 개. 샨츠는 마트에 들려 정육점 앞에서 한참을 고민하다 세일코너로 가 냉동 크루아상 두 봉지와 요거트 샀다. 쿠폰만 가득한 지갑, 마트 캐셔 팔에 그려진 세일러문 타투. 비상구 계단에 앉아 담배를 피던 엄마는 사무실 빌딩의 청소원과 마주치곤 인사를 나누고 이야기 주고받았다. 서로 시급 이야기는 하지 않고 시간이 되면 다시 사무실에서 다른 사람들과 모여 피켓을 들고 거리로 나섰다. 빨래를 돌리고 무인세탁소에서 샨츠는 거의 눕다시피 앉아 워크숍 참가자들이 공유한 글들을 읽었다. 전에도 몇 번 마주친, 휠체어 탄 아저씨가 들어오면 그를 대신해 세탁기에 빨래와 세제를 넣어 줬다. 다른 모든 이들이 그래 왔듯이. 엄마는 유세 중에는 걸려온 전화를 받지 못했다. 피켓을 들고 서서 주머니 안쪽에서 진동이 느껴질 때마다 공황장애라는 말도 모른 채, 형벌 같은 불안에 시달렸던 날들이 기억났다. 덜컹이고 창문들 빛내며 전철이 지나가는 다리 아래 샨츠는 건물과 건물 사이로 좁게 난 골목을 지켜봤다. 사람들의 얼굴을 구경하면서 엄마는 반대편에 서 있는 다른 정당의 정책들을 읽었다. 반대편에서도 자기 또래의 이들이 피켓을 들고 요령껏 소리치는데 아무도 그들의 말을 듣지 않았다. 3층 창가에서 남자들이 아카펠라 연습하는 소리. 동전을 바꿀 때마다 쏟아지는 동전 소리. 샨츠는 달리기 할 때 들을 플레이리스트를 새로 만들었다. 쉬는 시간이 되면 엄마는 더 연장자인 언니를 모시고 근처 정류소 벤치로 가, 언니 대신 약봉지를 까 주고 물을 먹였다. 언니는 언니의 아파트 1층에서 어제 한 노인이 혼자 죽은 지 일주일 만에 발견되었다고 했다. 전철에 앉아 샨츠는 질병퇴직 서류 관련으로 교향악단에서 걸려온 전화를 받았다. 직원 목소리 너머로 들려오는 프레드릭 굴다의 피아노 솔로곡이 그 주위의 구조와 기억들을 그려 냈다. 고귀한 척하는 싸구려들, 대화들, 욕망들, 인생들 퇴근시간 유세 중에 엄마는 아는 사람들의 얼굴을 마주쳤다. 전철역 밖으로 쏟아져 나오는 이들 중 누구도 엄마를 신경 쓰지 않았고 엄마는 이들이 모두 예수 같다고 생각했다. 볼링핀 간판 밖으로 석양의 마지막 티끌까지 사그라지고, 전구 불빛처럼 흔들리는 중독자들의 목소리. 샨츠 차례가 왔을 때 샨츠는 아까 읽은 소설을 자기 이야기인 것처럼 말해 봤다. 옷과 피켓을 반납하고 언니를 집까지 모셔다 드리는 길에 엄마는 언니와 함께 자전거 가게 유리창을 들여다보며 바구니 없는 자전거들을 구경했다. 샨츠는 즈엉과 전철역까지 걸었다. 왜 글쓰기 워크숍에 나오지 않았냐는 물음에 즈엉은 처음엔 소설을 쓰는 게 재밌었는데 이제 잘 모르겠다고 왠지 이걸 하면 할수록 나 자신을 착각하게 되는 것 같다고 좋은 쪽이든 나쁜 쪽이든 둘 모두 솔직히 구린내가 난다고 대답했다. 언니의 집에 들어오자 언니는 거실의 불을 켜고 오렌지 주스 한잔을 내줬다. 그리곤 내 유산은 자식들에게 갈 거니 그걸 노리고 잘해 주는 거라면 기대하지 말라 말했다. 안개 섞인 빌딩 높이 타워크레인의 녹색 불빛들 보닛까지 부드럽게 내려앉는 대형주차장에서 샨츠는 자동차들 가운데 혼자 서 있었다. 도넛가게 사거리 횡단보도에서 엄마는 샨츠를 생각했다. 창 안에서 점원이 커피와 도넛이 든 쟁반을 들고 전구 조명과 복도를 가로질러 손님에게 걸어갈 동안 엄마는 샨츠를 위해 기도했다. 현관문을 여니, 센서 따라 켜진 불빛 너머에서 하스가 기지개 하품을 하며 샨츠를 맞이했다. 편지에는 기도의 내용은 적혀 있지 않았다.

모자 벗자 얇은 머리칼들 갈색으로 바래며 햇빛이 이마 속으로 들어서고 샨츠는 계속 달렸다. Salem의 트랙을 마지막으로 플레이리스트 끝이 나면 이어폰을 빼고 자신의 숨소리를 들으며 뛰었다. 두 번 들이쉬고 두 번 내뱉고 두 번 들이쉬고 두 번 내뱉고 어제 헤어지는 길에 즈엉이 물었다. 누나는 근데 언제까지 여기 나올 거예요? 모르겠는데 왜? 그냥 신기해서 누나는 한 번도 중독된 적이 없잖아요. 두 번 들이쉬고 두 번 내뱉고 멀리 주유소가 보였다. 커다란 수평과 수직의 조형물, 멈춰 있는 푸른색 볼보 한 대. 처음에 모임에 갔을 때는 당연히 긴장됐는데 다들 아무렇지도 않게 샨츠의 말을 믿었다. 믿었다기보다는 그냥 들었고, 정말 듣긴 했는지도 모르겠으나 아무튼 샨츠의 말이 끝나면 모두 인사를 해 줬다. 이걸로 충분해 샨츠는 계속 모임에 나와 균형이 맞질 않는 의자에 앉아 과자를 먹고, 이런저런 이야기를 했고, 참가확인서류를 받고 회사와 노동조합에 제출도 했다. 그 인간들도 거짓말을 하는 걸까. 폐업한 지 10년이 넘은 볼링장 건물에 모여서 다 같이 무슨 연극 워크숍이라도 하고 있는 건지. 실패와 불행의 합창을 사운드트랙 삼아 언젠가 본 영화나 드라마의 표정들을, 말투들을, 행간들을 빌려 잠시나마 삶을 꾸며 내어 세계를 지속하고 있는 건지. 자신을 제외하곤 아무도 그러지 않고 있다는 걸 샨츠는 잘 알았다. 다른 이들은 진실한 중독자들이었고 그건 말할 필요도 없이 알 수 있었다. 지진처럼. 그 방의 문을 열고 들어가 의자에 앉는 그 순간 누구나 그냥 알 수 있었다. 두 번 들이쉬고 그만 뛸까 두 번 내뱉고 조금만 더 두 번 들이쉬고 이정도 뛰었으면 되지 않아? 두 번 내뱉고 주유소에 도착해 익숙해질 대로 익숙해져 호흡이 의식 없이 자연스러워지고 가벼워 저절로 움직이는 몸으로 계속 나아가던 샨츠는 달리기를 멈췄다. 개새끼 어깨와 등을 헐떡이다 샨츠는 뒤돌아 다시 주유소로 돌아갔다. 아까 본 대로 한 남자가 캠핑 의자에 앉아 맥주병을 쥐고 있었다. 샨츠가 달리기 도중 목표치를 채우지 않고 자기 마음대로 멈춰 본 것이 이번이 처음이라는 사실을 깨달을 동안, 유적지 같은 주유소 그늘에서 남자의 표정과 머리칼이 바람에 흔들리고 갓 꺼낸 맥주병의 뚜껑을 따는 소리가 들렸다. 후드셔츠 밑단을 들어 올려 얼굴의 땀 닦으며 샨츠는 주유소 마트에 들어가 냉장실에서 맥주를 꺼냈다. 차가워진 손 위로 냉기가 손목부터 얼굴까지 한꺼번에 이어져 와, 맥주를 까진 않고 그저 들고서 아직 고르지 못한 숨을 가라앉히며 샨츠는 걸었다. 어쩌면 남자와 대화도 나누고 자러 갈 수도 있었다. 옷 입은 꼬락서니가 섹스가 끝나면, 더 케어테이커를 들려줄 것 같아 보였지만 어쨌거나 반반하고 몸도 깨끗해 그런 감촉으로 길고 매끈하게 단단해진 성기를 쥐어 보고 삼켜 보는 상상도 했다. 침대는 많이 젖을 거고, 움푹 꺼진 침대에 누워 남자가 자신이 주유소에 앉아있던 이유, 그간 겪은 주변사람들의 죽음과 실종, 선천적으로 시달리고 있는 우울증, 그만의 독창적인 관점인 줄 아는 세계를 바라보는 평이한 방식에 대해 정액보다 구린내나는 연설을 준비 할 동안, 자그맣게 난 창밖으로 나무가 보이는 욕실에서 샤워를 끝낸 샨츠는 수건에 얼굴을 파묻고 오랫동안 서 있을 것이다. 풍경은 멈추다시피 느려졌다. 기차에서 내리듯이. 존나 맛있네 이미 남자는 앞으로 영원히 기억도 나지 않았다. 반쯤 비운 맥주병 들고 걸으며 등 뒤에서 오른 어깨를 타고 햇빛이 넘어오면 샨츠는 뒤돌아보는 대신 고개를 살짝 돌려 어깨를 곁눈질했다. 아이들이 가득 찬 버스가 지나가자 소리가 눈앞으로 나아갔다. 신호등 멀리 하늘이 있고 아이스하키부 남자애들이 하키 스틱을 치대며 걸어갔다. 조리복을 입은 여자가 식당 문을 열고 나와 담배에 불을 붙였다. 전화벨이 울리고 여자가 전화를 받았다. 여보세요. 그래 그러니까 가까워지다 등 뒤로 멀어지는 여자의 목소리, 가게 음악 소리, 남자애들 욕설 소리, 클랙슨. 연인처럼 남자와 여자가 각자

앞과 뒤에서 대형 티브이를 함께 들고 횡단보도를 건너
갔다. 누군가 약국 창문에 한쪽 어깨를 기대 문자 보내며
서 있었다. 누군가가 누군가를 기다리듯이 욕조에 웅크
려 앉아 사물을 비추는 투명한 피부를 바라보고 있었다. 사랑에 빠진
이들이 그러듯이 그들은 서로의 어린 시절을 상상했다. 바이크 위에 몸
을 붙이고 가만히 앉아 있으면 그들 곁으로 녹색과 흙색으로 기나긴 숲
이 스러지고 바다와 빛이 피처럼 튀어 올랐다. 영화가 켜진 노트북 모서
리에 태양이 걸려 있었다. 조수석에서 바구니 밖으로 고개 내미는 하스
의 두 눈. 경찰차와 구급차의 불빛이 휘몰아쳤다. 빙하가 녹아내리며 사
라져 가고 있었다. 초원에 말들이 서 있었다. 말싸움하며 빵과 담배를 사
들고 슈퍼마켓을 나오니 함박눈이 내리고 있었다. 햇빛의 투명한 막을
찢어 내며 통과해 온 손가락들, 나이키 모자, 유니클로 장갑, 플레이리
스트, 부엌의 의자에 마주 앉아 이야기하고 있는 그의 눈빛, 입꼬리, 핑
계, 한숨, 눈물, 눈물, 눈물, 눈물, 비겁함, 비겁함, 비겁함 뒤로 보이는
하얀색 타일, 타일, 타일. 시내버스 앞좌석 뒷좌석에 앉아 앞
으로 고개 내밀고 뒤돌아 이마 맞대 구글맵을 함께 보던
이들의 두 얼굴 가운데서 솟아오르는 햇빛. 온 도시를 지
나와 번쩍번쩍 등 뒤로부터 어깨를 덮치고 뒷목에서 귓
등, 머리칼 사이사이를 적셔 오는 햇빛에 오른쪽 얼굴 오

렌지빛으로 물들어 가며 샨츠는 조금씩, 너무 안심하지 않도록 아주 조금씩 샨츠의 숨소리를 섞었다.

센세

오윤은 북토크가 끝나고 서점 뒤편의 골목길에서 담배를 폈다. 처음 와 본 도시였다. 한파와 함께 눈 폭풍이 몰려올지도 모른다는 뉴스를 듣고 스키 장갑까지 챙겼는데 아직 그 정도로 춥지는 않았다. 오윤과 마찬가지로 점퍼를 꽉 껴입은 승객들이 먼지 쌓인 얼굴로 잠들어 가는 야간버스에서 맨 앞쪽 복도 좌석에 앉은 누군가가 오윤의 책을 읽고 있었는데 오윤은 굳이 아는 체하거나 그의 얼굴을 확인하려 들지는 않았다. 그 사람은 북토크에 왔을까, 아까 질의응답 시간에 작가님은 어떤 작가들에게 영향을 받았는지 물었던 그 자일지도 모른다. 소박한 소음이 새나오는 서점을 뒤로하고 골목을 빠져나오니 찬 공기의 냄새가 서린 거리의 허공에서 불빛들이 떨고 있었다. 리버브 걸린 것처럼. 바람은 신시사이저 같았다. 오래된 시가지만큼 오래된 악몽의 형식. 오윤은 걸음으로 바람과 불빛을 이어 냈다. 그 자신의 움직임으로 한없이 미로에 가까운 드림팝을 완성시키듯이, 자아가 신체를 넘어서 이 도시 전체와 이어지고 있다는 느낌으로. 가끔 그런 유치한 감각의 흐름이 오윤에게 영감이 됐다. 오윤은 하나 겨우 열려 있는 커피숍에 들어가 수첩을 펼쳐 필기했다. 자동차의 유령들. 말 그대로 유령이 된 자동차들이 온 도시를 돌아다니며 섹스를 한다. 영혼이 없는 전기 자동차를 숭배하는 신도들 사이에서, 탐정 자동차 유령 토요타가 살인사건을 조사한다. 탐문 도중 토요타 유령은 테슬라의 후방카메라에 저장된 이미지 데이터들을 둘러보고 전기자동차들도 영혼이 있음을 깨닫는다. 물론 그 순간은 토요타 유령이 테슬라에게 사랑에 빠진 순간과 일치한다. 토요타 유령은 레인보우브릿지에 멈춰 서서 비를 맞는다. 사랑이 이뤄질 가능성을 가늠하면서. 사방이 막힌 지붕과 시트 사이로, 불가능하게 내리고 있는 차 안의 폭우처럼. 사랑이 가능해지길 바라는 마음으로 닿을 수 없는 빗방울들을 쫓는다. 마침내 토요타 유령은 죽음을 내기한다. 이미 죽어서 유령이지만 인과관계는 상관없다. 탐정 토요타는 전기자동차 군단과의 레이싱 대결을 펼친다. 고스트 레이스의 마지막 랩, 토요타는 바다 속으로 돌진한다. 탐정 토요타 유령은 모래사장을 지나 파도와 바다와 심해를 통과해 지구 내핵의 불구덩이 속으로 떨어진다. 언제나 자기연민을 자기혐오로 포장하려 드는 탐정 영혼들의 마지막 종착지인 사랑의 연옥으로. 인기척에 오윤이 고개 들어 보니, 한 남성이 팬이라며 싸인을 요청했다. 오윤은 남자가 들이민 피자 박스 껍데기에 싸인을 해 줬다. 코 안 깊숙이 밀고 들어오는 피자 냄새 탓에 자동차 유령들의 이야기는 점점 머릿속에서 옅어졌다. 오윤은 수첩을 닫고 이미 한참 전에 식어 버린 커피를 마셨다. 어떤 작가에게 영향을 받았는지 질문을 받았을 때 오윤은 여러 작가들의 이름을 나열했지만 그중 칸왈카르의 이름은 없었다. 오윤은 다른 작가들의 이름을 말하면서도 계속 칸왈카르를 의식하고 있었지만 칸왈카르의 이름은 꺼내지 않았다. 벌써 오래된 일이다. 무명에 가까운 작가에게 배웠다는 사실이 창피한 건지. 아니면, 오윤의 소설이 전부 칸왈카르의 소설을 모방했음이 들킬까 겁내는 건지. 둘 다일 것이다. 이번 북투어의 담당자이자 에이전시 매니저가 자신의 사촌이 이제 당신을 데리러 갈 건데 지금 어디에 있냐는 메시지와 함께 동영상 링크를 보내 줬다. 오윤의 소설 판권을 사간 게임사의 개발자가 게임스컴 컨퍼런스 무대에 나와 신나게 떠들고 있었다. 오윤은 그가 무대에 올라오기 직전에 코카인을 들이켰단 걸 눈치 챘다. 개발자의 눈빛이 그가 태어나서 단 한 번도 가져 본 적 없는 자신감으로 총명하게 돌아 있었다. 오윤이 커피숍을 나와 가로등불 아래서 담배를 꺼내자 지나가던 여성이 오윤에게 불을 빌렸다. 라이터 하나, 담배 둘. 린스 냄새. 슈프림 짭 점퍼를 입은 여성이 멀리 떠나간 거리에 아무도 보이지 않았다. 담배 연기는 처음부터 존재하지 않았던 사실 같았다. 긴 헤드라이트 불빛이 소리 없이 다가왔다. 오윤은 담배를 버리고 테슬라의 문을 열었다.

칸왈카르는 첫 페이지부터 마지막 페이지까지 고도비만 동성애 커플의 성교만 묘사한 한 권의 소설책과 시집을 내고 두 번 다시 글을 쓰지 않았다. 문학상도 몇 개 받았으며 번역원의 도움으로 해외출판도 하고 기관지에서 인터뷰도 했다. 그러나 칸왈카르 스스로도 예상할 수 없었듯이 칸왈카르는 더 이상 글을 쓰지 않게 됐다. 조수석에 앉아서 오윤은 칸왈카르의 책을 처음 읽었던 순간과 칸왈카르를 만나기 위해 1년이 넘도록 그를 수소문했던 일을 떠올렸다. 칸왈카르가 누구도 예상할 수 없는 동네에서 글쓰기 워크숍을 진행하고 있다는 사실을 알게 된 오윤은 그동네에 집을 구해 매주 워크숍에 참가했다. 워크숍에는 많은 사람이 오갔다. 그곳에서 만난 몇 명은 여전히 글을 쓰고 있었지만거의 대부분은 자연스레 서로의 삶에서 소멸됐다. 오윤이 워크숍의 반장이 된 지도 몇 년이 지나, 마침내 칸왈카르의 집에 저녁식사를 초대 받았을 때. 나름 비싼 로제와인 한 병을 사 들고서그제야 오윤은 칸왈카르에게 자기가 당신의 팬이며 당신을 만나기 위해 이 동네로 이사까지 왔다고 고백했다. 책이라고는 한권도 보이지 않는 거실을 지나 비대한 몸을 이끌고, 테라스에서거실로 화분을 들여오며 칸왈카르는 당연히 알고 있었다고 이제, 그동안 내내 물어보고 싶었겠지만 물어보지 못했던 것을 물어봐도 된다 이야기해 줬다. 오윤은 전 세계의, 한 여덟 명쯤 되는 칸왈카르의 팬들이 모두 궁금해하는 그 질문을 했다. 밤새 술잔과 담배를 들고 집 안을 돌아다니며 중정의 나무들이 퍼렇게젖어 테라스의 두 사람을 물들일 때까지 반발하고 말이 막히면 혼자 고민하고 다시 이야기하고 또다시 반박하던 오윤은 이제 칸왈카르의 대답이 어떤 의미였는지 어렴풋이나마 알 것 같았다. 모텔 입구에 들어서며 매니저의 사촌이라는 남자가 운전석에서 물었다. 책 읽어 봤어요. 꽤 좋던데. 그들이 탄 차는 모텔 주차장에 주차되고 있었다. 후방 카메라가 켜지고 스크린에 실시간 영상이 나타났다. 쓰고 읽는 사람들은 소설의 어두움이 눈앞에 실제로 벌어졌을 때, 조금도 그걸 감당할 의지가 없어요. 오윤은 특유의 색조와 저화질의 해변이 스크린에 영원히 멈춰 있는 모습을 상상했다.

칫 칫 칫 칫 칫. 어릴 때는 드럼을 쳤어요. 이웃집에 꽤 유명하다는 아저씨가 있었거든요. 유명하지만 집세 낼 돈도 없는 아저씨에게 1년을 배웠죠. 그러다 아저씨는 가방 하나만 싸서 사라졌어요. 그래도 열세 살, 열네 살까지는 드럼을 쳤던 것 같아요. 알죠. 칫 칫 칫 칫. 가끔 동네 애들이 놀러와 창밖에서 구경하다 랩을 지껄이기도 했죠. 중학교 졸업반 가을학기가 시작될 때쯤일 거예요. 통조림사업을 하시던 고모가 우리 집에 놀러왔는데 부모님과의 대화가 무료하셨는지 저를 차에 태워 클래식 공연에 데려다줬어요. 시벨리우스의 5번 교향곡이었죠. 최근엔 산투 마티아스 루발리가 꽤 잘해냈더군요. 그 사람도 타악기 주자 출신인 거 알아요? 아무튼 무대에 단원들이 다 오르고 재판관처럼 공기를 긴장시키며 걸어 나온 지휘자가 단 한 번의 손짓으로 이 좁고 낡은 도시를 웅대한 얼음의 호숫가로 바꿔 내는 순간, 워우. 나는 앞으로 평생 그 권위에 기꺼이 굴종하기로 마음먹었어요. 그렇게 진로를 클래식으로 바꾸고 대학까지 들어가게 된 거죠. 아마 거기까지가 행운이 따랐던 내 마지막 시기였던 것 같네요. 교내 연습실에 죽치고 살았지만 콩쿨에 나갈 때마다 떨어지고 엘리트들의 경쟁에서 완전히 낙오됐죠. 개네들의 실력도 실력인데 이 자칭 영재 쓰레기들의 뒷담화나 권모술수들이 워우 맹세코 공작원들보다 악랄했어요. 어느 순간부턴 교수들도 날 전혀 신경 쓰지 않았죠. 물론 나와 같이 낙오된 친구들도 꽤 있었는데 모르겠어요 그들은 어땠는지. 저는 유독 그때 상처 입은 자존감이 쉽게 회복되지 않았어요. 칫 칫 칫 칫 칫. 하나 둘 물방울 뭉쳐 유리창으로 빗물 갈라져 흐르는 창밖에서 누군가 러닝복을 입고 뛰어갔다. 다른 일을 알아봐도 잘 되지 않았죠. 뭘 해도 내가 낙오자라는 생각이 떠나질 않았고 할 줄 아는 것도 없었으니까요. 여러 곳들을 전전했어요. 여러 번 엿도 먹었죠. 내 실패의 기운이 안 좋은 인간들을 끌어들였나 봐요. 어쩌면 내가 그중에서도 최악의 인간이었지도 모르죠. 그렇게 어찌 저찌 살아내다 결국 포르노 배우가 된 거예요. 소라와 이즈는 소리 치유 워크숍에서 만났다. 준전문가들을 대상으로 티베트 노래그릇과 징의 연주법을 가르쳐, 이후에는 참가자들이 각자의 지역에서 소리 치유 워크숍을 주최할 수 있도록 자격증을 부여해 주는 마스터레벨의 수업이었다. 소라는 소리 치유에 흥미가 사라진 지 오래였지만 티베트 악기의 소리에는 관심이 있었고, 이 교육엔 또 어떤 히피적 발상의 사기행각들이 오가는지도 조금은 궁금했다. 산지의 작은 별장에서 진행된 트레이닝에는 소라와 이즈 말고도 다른 몇 명의 참가자들이 있었는데 소라에게 말을 걸어온 것은 이즈가 유일했다. 두 사람은 수업이 끝난 뒤 숙소 근처의 비건 레스토랑에서 만나 채소와 소스가 어질러진 접시를 사이에 두고 레스토랑 영업이 끝날 때까지 이야기했다. 나는 원래 내가 출연한 영화를 보지 않아요. 그런데 몇 년 전에 진짜. 진짜 영화의 오디션을 보기 위해 기존의 내 연기 스타일을 한번 확인해 봐야 했어요. 영화에서의 오디션 배역은 FBI 요원이었는데 공교로이 그 얼마 전에 포르노에서도 FBI 요원을 연기했었거든요. 그건 네. 그냥 별다를 거 없는 포르노 영화였죠. 나는 붓기가 가라앉질 않는 내 자지나 신경 쓰면서 영화를 봤어요. 근데. 15분이 지나고 나서부터 음악이 등장하기 시작하는데. 이즈의 목소리가 멈추고, 얇은 경탄과 두 손으로 얼굴을 감싸 쓸어내리는 소리. 그 음악을 만든 인간은, 뭐하는 인간인지 어쩌다 포르노 영화의 음악을 만들게 된 건지 모르겠지만 진짜예요. 난 누군지도 모를 그 작자가 클래식 전공자라는 걸 단번에 알 수 있었어요. 슈퍼마켓 앞에 탱크를 끌고와 뮤직비디오를 찍는 래퍼도 될 수 있고 당장 엘프필하모니 홀에서 지휘도 할 수 있는 그런 새끼란 걸요. 스피커 끄자 차창을 두들겨 오는 빗소리, 불빛들, 클랙슨. 장소라는 브레이크에서 발을 떼 천천히 엑셀을 밟아 갔다. 여남은 햇빛의 온기에 빗물이 섞여 바퀴가 매끄럽게 굴러갔다. 운전석과 차선이 고향과 반대라 자꾸 차가 도로 가장자리로 쏠렸지만, 아주 가끔씩 소라의 차 앞으로 나타나는 다른 차들을 보면서 소라는 운전의 중심선을 잡았고 도로의 상황에 익숙해져 갔다. 어딜 가나 차창 밖으로 키 커다란 옥수수밭이 펼쳐지는데 옥수수밭 사이를 숨어 바람이 데려오는 빗방울에게서 바다 냄새가 맴돌았다. 녹음해 둔 이즈의 목소리는 기억보다 목이 잠겨 있었다. 트레이닝이 전부 끝난 뒤 이즈는 떠났고 소라는 본섬에 더 머물다 비행기를 타고 이 섬으로 건너왔다. 정확한 목적은 없이 조금 더 낯설고 사람이 적은 섬에서 느슨한 마음으로 드라이브하고 싶었다. 소라는 편의점에 들려 물과 담배를 사서, 시내를 벗어나 미리 예약해 둔 식당으로 내비를 찍었다. 이 섬만의 특별한 방식으로 국수를 만드는 식당이라는데 비에 젖어 어둔 길가를 한참 헤매다, 옥수수밭 멀리 간판 없이 불 켜진 식당을 발견하곤 인근에 차를 댔다. 이즈가 자살하지 않길 바랐다. 식당에 들어가니 주인의 자녀로 보이는 어린 직원이 소라를 바 자리로 안내해 줬다. 소라는 국수와 계란찜을 주문하고 바쁜 부엌의 사람들을 눈에 담으며 식당 안에서 들려오는 여러 소리에 집중했다.

옷을 걸쳐 입지 않은 이즈의 목소리가 걸어 들어왔다. 나는 또 단번에 알 수 있었죠, 그 사람은 지금쯤 관 안에 있을 거란 걸요. 이미 오랫동안 슬펐기에 이제는 친구들도 가족들도 더 이상 아무도 울지 않는 그의 장례식장에서요. 이상하게도 이즈의 목소리를 떠올리면 흑백 영상으로 이즈가 그려졌다. 소라는 그릇을 들어 먼저 국수의 국물을 마시고, 잘 적셔진 고기로 부드럽게 면을 싸먹었다. 이즈는 소라가 사람들의 목소리를 모으는 게 취미라 말하니, 소라의 휴대폰을 가져가 녹음기를 켜고 자기 이야기를 들려줬다. 하지만 나는 진심으로 그 사람에게 모든 행운이 찾아와서 지금 그가 살아 있길 바라요. 누군가 한 명쯤은 그런 행운을 얻었으면 좋겠어요. 계란찜은 숟가락이 닿으면 차가우리만치 깨끗하게 잘려. 입에 넣자마자 녹아내리는 따스한 구수함 속에서 고급스러운 토마토와 베이컨 향이 퍼졌다. 이즈가 기뻤던 이야기를 할 때 이즈의 얼굴에서 벌써 오래전에 떠나간 기쁨이 아주 잠시 환영처럼 맴돌다 이내 현재만을 남겨 두고 떠나갔다. 어디로 갔는지 기쁨을 쫓다 순식간에 공허해지는 얼굴. 소라는 만두를 추가하고, 밖으로 나가 불빛 밖에서 담배를 폈다. 옥수수밭에서 벌레 소리 들려왔다. 비는 그쳐 있었다. 소라가 렌트한 하얀색 토요타는 얼룩 없이 빗방울을 흘려 내며 서 있었다. 이즈는 이야기 도중 가끔 울음을 참았다. 그 억누르는 떨림. 그래서 가끔 울음은 여러 명 같았다. 운이 없어 삶의 밑바닥까지 떨어졌던 이즈와 운이 따라 줘 대형 교향악단의 단원이 된 이즈가 번갈아 내는 소리의 진동. 대기가 얼마나 맑은지 아직 떠나지 않은 먹구름이 달빛을 촘촘히 받아 내어 하늘 듬뿍 영롱한 빛을 내뿜었다. 소라는 다시 식당에 들어가 자리에 앉았다. 어린 직원이 손님들에게 이쁨받고, 소라가 물을 마시려 유리잔을 들면 문밖에서 누군가 달려가는 소리가 들려왔다.

자꾸 얼굴을 들이밀어 차창 앞을 구경하게 됐다. 너무 넓고 너무 선명한 푸른 색채가 시야 끝까지 하늘과 바다를 그려 내고 있었다. 슬리퍼 벗어 둔 채 맨발로 수영복 위에 원피스를 입고 운전하며 소라는 종종 선글라스 들어 올렸다 내려두고 지금 눈앞의 풍경이 진짜인지 창밖으로 손 뻗어 바람을 문지르며 확인했다. '바다거북이 보러 갈 거지?' 휴대폰과 동기화해 놓은 자동차 스크린에 메시지 알림이 떴다. '꼭 가' 메시지가 두 개 더. '그런 거 절대 안 하는 타입인 거 아는데 그래도 해 봐' 선글라스 곁으로 맴도는 햇빛 백색에 가까이 조수석에 놓아둔 운동화와 물병, 수건, 양말을 감싸고, 아이스크림 가게 앞에 오토바이를 세워 둔 채 웃옷을 벗고 떠드는 학생들의 기지개. 소라는 전화를 걸까 하다 신호등이 걸렸을 때 샨츠에게 답장을 보냈다. '나 지금 가고 있는 거 어떻게 암?'

바다거북이 스노클링 투어 집합 장소에는 소라 말고도 몇 몇 팀들이 먼저 도착해 모여 있었다. 차를 주차하자 누가 봐도 바닷사람임이 분명한 스텝 중 한 명이 소라를 실내의 대기실로 안내해 주고 소라는 다른 사람들과 서로 어색한 미소로 인사하며 몸에 선크림을 발랐다. 소라가 스노클링 마스크를 착용하고 오리발에 발을 넣어 사이즈를 확인하고 있자 다른 팀의 근육질 여자가 물었다. 우리 보트 타고 나가나요? 아니요. 헤엄쳐 갈 거예요. 그렇게 멀지는 않아요. 그리고 벌써 친해진 사람들의 말소리. '벌써 존나 기빨린다' '견뎌' '괜히 왔나 봐' '그냥 좀 견디세요 내향형 인간이여' 바다로 향하는 봉고차 안에서 리더로 보이는, 20년 전 호스트바 머리스타일을 한 아저씨가 주의사항을 거듭 공지했다. 발이 닿지 않는 곳에 들어서기 시작하면 어떤 이들은 공황이 오기도 하는데 침착해라. 우리 스텝들이 언제나 근처에서 보살펴 줄 것이니 아무 일 없을 거다. '아저씨 말투 개웃기네' '그 아저씨 수영 개잘해 난 그 사람이 거북인줄' 스노클링 중에 만나게 되는 물고기나 거북이를 절대 만지지 마라. 우리는 그저 구경꾼일 뿐이다. 등등. 바람에 이리저리 휘날리는 머리칼로 리더 아저씨가 말을 마치자, 대기실에서부터 지금까지도 손을 잡고 있는 신혼부부가 물었다. 저기 우리 오늘 거북이를 볼 수 있을까요? 아시다시피 지금 시기가 애매하긴 해요. 그래도 볼 수 있다고 믿어 봅시다. 그러다 못 보면 근데 또 그게 사실 큰 손해도 아니잖아요? 뭐라는 거야. 봉고차가 해안에 도착하고 소라는 사람들 틈에 섞여 오리발을 들고 해변의 모래사장으로 걸어갔다. '나 이제 들어감' 투어링 그룹이 나뉘고 운 좋게 소라는 단독으로 매니저가 붙여졌다. 다른 팀들과 멀리 떨어져 소라는 매니저 따라 오리발을 착용하고 천천히 물속으로 들어섰다. 살짝 긴장이 돼, 비행기에서 들었던 항공사 보딩음악을 흥얼거리면 발목이 잠기고 종아리가 잠기고 무릎까지 에메랄드빛의 물결이 차오르고 매니저는 저기 멀리서 스노클링 마스크를 차라 지시하고 있었다. 소라는 마스크를 차고 서서히 몸을 띄워 바다 속으로 얼굴을 집어넣었다. '와'

'이걸 어떻게 설명하지' '내가 말했지' 귓속으로 물거품 소리가 가득했다. 발장구 칠수록 따뜻해지는 소라의 몸 아래에서 소라가 여태 한 번도 본 적 없었던 세계가 펼쳐지고, 하늘의 크기만큼 물의 무늬대로 쉼 없이 들어서는 햇빛이 물결의 반짝임을 따라 무수한 문양으로 흐르는 바다 속에서 소라는 숨을 쉴 수 있었다. 몇 번이고 편안하게 하루 종일. 에메랄드빛과 쪽빛이 서로에게 얇디얇게 섞여 스며드는 파스텔톤 물속에서 질서대로 움직이는 산호초와 열대어들을 따라다니다 고개 들어 보면, 이미 해변에서 무척 멀리 와 있어 매니저가 소리쳤다. 여기서부터 직접 바다거북이를 찾아보셔야 해요. 여기 어딘가에 있을 거예요. '무섭진 않았어?' '무서울 겨를도 없던데' 소라는 최대한 소리 나지 않게, 바다거북이가 놀라지 않도록 발장구치며 어디선가 홀로 헤엄치고 있을 바다거북이를 찾아 돌아다녔다. '그런데 굳이 거북이를 안 봐도 되겠다 싶더라고' '맞아 나도 그랬어' 소라는 오리발이 익숙해져 무릎과 허벅지의 작은 힘만으로 천천히 발장구를 치며 새로운 세계에서의 감각을 배워 갔다. 그렇게 숨이 막힐 걱정 없이 물소리만 가득한 바다를 돌아다니며 마음껏 바다 속에서 숨을 쉬다 보면 이렇게나 깊은 바다 아래로 스텝들은 별 장비도 없이 아주 깊이 잠수해 방수 카메라로 소라와 다른 이들의 사진을 찍어 줬고, 그들을 본 다른 관광객 몇 명도 스텝을 따라 바다 깊이 잠수해 내려가 해면과 물고기들 사이를 자유롭게 나아갔다. 저기에서 머리를 젖혀 바다 위를 올려다보면 뭐가 보일까. 이제 태양이 바다만큼의 크기로 보이게 될지. 몸에 온 힘을 빼고 날아가듯이 물속에서 그런 빛을 향해 가까이 다가가는 건 무슨 기분이 들지. '섹스보다 좋을지도' '우리는 왜 농구 같은 걸 한 거지?' '농구라도 안 했음 우리 벌써 우울증으로 뒤졌음' 소라는 반쯤 먹은 치즈버거 세트를 남겨 두고 야외테이블에서 담배를 폈다. 냅킨이 날아가지 않을 정도의 바람이 불었다. 뒤늦게 감자튀김의 기름이 입안에 남은 치즈를 녹여 내렸는지 담배에서 치즈와 감자 맛이 났고, 홀로 도로에 가장 높게 서있는 맥도날드 로고 간판 위로 구름이 서부영화처럼 지나가고 있었다. '오늘도 바다에서 수영했어?' '오늘은 투어 없이 혼자 감' '미친' 선크림을 잘못 발랐는지 알로에 로션을 계속 발라 줘도 피부에 열기가 가시질 않아 몸속에 여름을 쟁여둔 기분이 들었다. 내가 잠들기 전에 하는 상상은 루체른 무대의 단원들 앞에 서 있는 내가 아니에요. 상상 속에서 나는 투수예요. 정확히는 선수는 아니고 그냥 시구를 하러 양키스타디움에 온 사람이요. 이제 내가 공을 던지면 스피드건에 300킬로미터가 찍히죠. 오른팔을 차창 밖에 내어 두고 소라는 한손으로 차를 운전하여 석양에 잠기는 마을을 지나갔다. 여기가 어딘지. 진짜 실제로 있는 마을인지. 사람들이 너무 놀라서 말을 잊어요. 나는 소리를 내지 못하는 관중들을 그곳에 남겨 두고 혼자 마운드에서 걸어 내려와요. 그게 다예요. 그냥 그 장면을 계속 되풀이하다 보면 잠에 들어요. 온통 황혼에 물든 가정집들, 전봇대들, 지붕들, 창문들, 빨래들, 공터들, 소리들, 시간이 먹먹하게 부풀어 오르는 바다 안에서 사선으로 들어서는 빛줄기 가까이 다가갈수록 황혼에 휩싸여 자전거를 타고 지나가는 소라와 샨츠 또래의 여성. '이 섬에서도 사람들이 잘 모르는 진짜 좋은 해변 찾아냄' '어딘데' '안 알려 줘' 소라는 편의점에 들려 아이스크림과 치토스, 두 종류의 차 세 종류의 맥주를 샀다. 계산을 끝내고 편의점을 나오는 길에도 하늘에는 아직 붉은빛이 맴돌고 있었다. 그저께 바다거북이 투어를 끝내고 돌아오는 봉고차에서 여태 한 번도 눈에 띄지 않았던 남자가 소라에게 말 걸어왔다. 안녕하세요. 안녕하세요. 재밌었죠? 네 재밌네요. 혹시 무슨 사연이 있는지 물어봐도 돼요? 사연 없는데요. 그럼 여길 왜 혼자 와요? 아무 사연 없는데. 당신은 그냥 혼자 당신 사연이나 신경 쓰는 게 어떨까요? '잘했네' '너무 차가웠나. 그 사람은 진짜 존나 힘든 사연 있는 거 아니야?' '아님. 그날 밤 딸딸이 치고 잘 잤대' 앞의 차로 도로의 상황을 눈치 보다 어느 순간 앞의 차가 소라와 다른 길로 빠져 사라져 버리면 소라는 섬에 혼자 남겨진 것 같았다. 자주색으로 물들어가는 하늘 속에서 수영을 하듯이 운전했다. '햄버거 괜히 남겼네' '뭐 좀 더 사 먹든가' 차가 호텔을 지나가면 호텔 1층의 식당 불빛 안에서 식사를 하는 사람들이 보이고, 그대로 멈춰 있고 싶다는 마음은 소라의 시간인지 그들의 시간인지. 소라는 차에서 내려 보닛에 기대 담배 피며 생각했다. '슬슬 전철이 그립네' '이제 그만 도시로 돌아가시오' 비 냄새가 났다. 숙소의 창문을 열면 아주 멀리서 비행기 소리가 들려오는 것 같았다. '그러게 진짜 돌아갈 때가 됐나 보다' '이제 어디로 가?' 옷을 다 벗고 샤워실로 걸어가던 소라는 뒤돌아 방으로 돌아왔다. 침대에 걸쳐 앉아 브라 톱을 입고, 투인원 쇼츠를 입고, 양말을 신고, 러닝화를 신고, 얇은 바람막이를 걸쳤다. '집에 가야지' 숙소를 나와 소라가 팔과 다리를 크게, 크게 펼쳐 내 걸으며 스트레칭했다. '집에서 누가 기다려?' 낮의 바다 수영과 오랜 운전으로 피곤에 절여진 몸이 조금 펴지는 기분이 들 때부터 소라는 천천히, 혹시나 속도가 빨라지는 것을 자제하며 느리고 가볍게 뛰기 시작했다. '기다리는 사람은 없지' 숨을 두 번 들이쉬고 두 번 내뱉고 두 번 들이쉬고 두 번 내뱉고 슬슬 속도를 올려가면서, 오래전 농구부에서 매일 해 왔던 그대로. '여기로 오던가' 가끔 맞은편에서 달려오는 차들은 클랙슨을 울리지 않고 속도를 줄여 지나가 줬다. 소라는 한 번 더 샨츠를 원하게 될까. 샨츠는 소라를 사랑하게 될 수도 있다. 동시에 샨츠는 또 다른 남자들을 사랑하게 될 수도 있다. 소라는 또 다시 그런 일을 감당할 수 있을까. 두 번 들이쉬고 두 번 내뱉고 두 번 들이쉬고 두 번 내뱉고. 소라는 이미 내년의 크리스마스에 차이나 레스토랑에서 샨츠와 마주 앉아 있었다. 붉고 금색 벽지로 둘러져 알아들을 수 없는 노래가 흘러나오는 식당에서 그들은 눈이 내리는 창가에 앉아 량피와 바나나전병을 펼쳐놓고 중국식 식탁보에 기대어 가끔 서로의 손을 잡았다. 소라는 이미 공항에서 자신을 기다리고 있는 샨츠를 바라보고 있었다. 두 번 들이쉬고 두 번 내뱉고 샨츠는 트렁크를 열어 소라의 캐리어를 넣어 주고 곁눈질처럼 아름다운 떨림으로 흔들리는 얼굴을 살짝씩 스치며 안부를 나눈 뒤 집까지 운전해 줄 것이다. 샨츠는 내비를 보는 것도 잊은 채 소라에게 그간의 일들, 요새 샨츠가 쓰고 있는 소설에 대해 이야기하고 지나가는 전철과 고가도로의 소음 속에서 소라는 샨츠의 목소리와 말투에 억양, 높낮이에 음절과 음절 사이의 숨소리마다에, 짙게 탄 피부가 욱신거리는 느낌을 놓치지 않고 음미할 것이다. 집에 도착해 샨츠가 방을 서성이며 물건들을 정리하다 커피와 빵을 사러 나가면, 샤워를 끝내고 나온 소라는 커다란 수건을 두른 채로 그대로 샨츠의 침대에 쓰러져 잠들 것이다. 두 번 들이쉬고 두 번 내뱉고 꿈속에서 소라와 샨츠는 나고야에서 열렸던 오브리의 결혼식장 맨 끝 계단에 나란히 서 있을 것이다. 각자 정면의 카메라맨을 쳐다보며 말없이 그들은 은밀히 이야기하고 있을 것이다. 바위를 둘러 흐르는 물을 따라오는 빛처럼. 해변의 거대한 암석들 틈으로 몰래 사라지는 연인들처럼. 아무도 모르는 숨겨진 해변을 지어내는 일처럼. 그녀는 터널 속으로 달려갔다. 길고 연약한 인공불빛 안에서 그녀는 자신의 숨소리를 들으며 터널의 끝까지 달려갈 수 있었다. 굉음을 내며 모래사장 위로 커다랗게 날아가는 비행기에 놀라 잠에서 깬 눈을 뜨면 비가 내리고 있을 것이다. 한참을 달리던 그녀는 길 한가운데 멈춰 섰다. 간결하게 허공에 각진 도로 표지판 너머 귀를 기울이지 않아도 들려오는 심장소리처럼 천천히 들이쉬고 천천히 내뱉고 천천히 들이쉬고 천천히 내뱉고 물 밖으로 고개 내밀어, 박동하는 별들의 움직임 가운데 그녀는 휴대폰을 켜고 전화를 걸었다. 스노클링 마스크를 벗으면 온몸 위로 바다

전부에 내리고 있는 빗소리처럼 그들은 서로에게 닿고
있을 것이다.

수록 작품 발표 지면

「머리 전달 함수」, 「기계 속의 유령」 도록(전소정·안정주, 국립현대미술관), 2021

「졸려요 자기」, 《굿닛》 1호, 2022

「핌」, 웹플랫폼 'dddd'(미발표), 2021

「좆같이 못생긴 니트 조끼를 입은 탐정」, 《비유》 51호, 2022

「응우옛은 미래에서 왔다」, 《릿터》 34호, 2022

「레이 트레이싱」, 《월간 윤종신》, 2020.11

「배와 버스가 지나가고」, 부산비엔날레, 2020

「오렌지빛이랄지」, 미발표, 2023

이상우   소설가. 지은 책으로 『두 사람이 걸어가』 『warp』
『프리즘』 『모닝빵』(공저) 『바로 손을 흔드는
대신』(공저) 등이 있다.

핌
오렌지빛이랄지

1판 1쇄 찍음	2023년 11월 15일
1판 1쇄 펴냄	2023년 11월 22일
지은이	이상우
발행인	박근섭, 박상준
펴낸곳	(주)민음사
출판등록	1966. 5. 19. (제16-490호)
주소	서울시 강남구 도산대로1길 62
	강남출판문화센터 5층 (06027)
대표전화	02-515-2000
팩시밀리	02-515-2007
	www.minumsa.com

© 이상우, 2023. Printed in Seoul, Korea

ISBN   978-89-374-4596-5 03810